U0709597

ye
shui
de
ji jie

野水
的
季节

黄风

著

山西出版传媒集团　北岳文艺出版社
·太原·

图书在版编目(CIP)数据

野水的季节 / 黄风著. —— 太原：北岳文艺出版社，
2025. 4. —— ISBN 978-7-5378-7063-4

Ⅰ. I267

中国国家版本馆CIP数据核字第2025NZ2876号

野水的季节
YESHUI DE JIJIE

黄风 / 著

//

出品人
董利斌

选题策划
王朝军

责任编辑
王朝军

书籍设计
尚书堂

印装监制
郭　勇

出版发行：山西出版传媒集团·北岳文艺出版社

地址：山西省太原市并州南路57号　邮编：030012

电话：0351-5628696(发行部)　0351-5628688(总编室)

传真：0351-5628680

经销商：新华书店

印刷装订：山西人民印刷有限责任公司

成品尺寸：145mm×210mm

字数：178千　印张：7.875

版次：2025年4月第1版

印次：2025年4月山西第1次印刷

书号：ISBN 978-7-5378-7063-4

定价：59.80元

本书版权为本社独家所有，未经本社同意不得转载、摘编或复制

目 录

上

野水的季节

1

风窜着屋脊，扒在烟囱口上，又猫号了一夜。

屋顶下的人，早见怪不怪，听不到风号还叫春天吗？窗纸呼喇喇急了，风要破窗而入，也仅是翻个身将背掉给窗户，把钻进被窝的冷踢出去，把滚开的被角掖紧了，继续搂着头扎在怀里的梦入睡。

临明的时候，院里杨树上的一根胳膊粗的枝断了，嘎巴巴骨折似的，把夜幕扯个口子，带着一绺牵连的皮肉坠地。屋檐头的一片老瓦站起来，纵身跳到台阶下，响声满地溅落了，有的滑溜得很远。碎碴儿新崭崭的，还是当年出窑时的蓝，日月仅锈黑了瓦皮。

眼睛被黑暗的四壁围堵着，蜘蛛似的在墙上爬来爬去，耳朵却看得屋外清清楚楚，每一声响都是形象的。耳朵反馈给主人，也就一根树枝一片瓦，算不上啥损失，只是虚惊一场。梦却又一次被搅了，是收拾好接着睡呢，还是天就要亮了，挨上一会儿起炕？

2

风卷起夜幕，像村庄在夜幕下曾经传说的马匪一样走了。

天按部就班，从东方亮起来，向西方亮去，爬出山的阳光，越过空旷的田野直入村中。鸡噪了一夜，狗嗓了一夜，这时都叫起来。鸡扇着翅膀，有的还跳上墙头，但叫声稀零寡落，响应者不多。狗叫声却很凶，你追我赶的，从地下蹿到天上，邻村的狗叫声也加入进来，一起咬着早已不见踪影的风。

鸡犬之声落定后，院门一声不吭地开了，一颗容貌不整的头从门缝探出来，石子似的抛几眼，然后将两扇春联还鲜艳的门响亮地开大了。背着手站在院门口，边朝街两头张望，边从喉咙深处清理一口唾沫，用舌头挼揉了，啪地丢到对面的墙根下，便转身回去收拾被风折腾得乱七八糟的院子。

趁院门打开之际，狗逮个空子溜出来，迎着大半条街的阳光跑出村，跑到村东的嘶云河上。整个春天是不会拴它的，如果拴住它，它会魂不守舍，终日吱唔吱唔地叫，把院中空闲啃得满是牙痕。它没有咬着大风，就到河边去找小风。春天常有开小差的风，像逃学的生小子在河上贪玩。狗找到小风后并不咬，而是满河作耍起来，汪汪声攒着呜儿声，呜儿声攒着汪汪声。

早起的，路过嘶云河的村人，在水泥大桥上驻足观看，狗河上河下不知在跟什么东西玩闹着。那东西他看不见，只有狗看得见。但肯定不是不干净的东西，不干净的东西天一亮就跟着夜走了。河中蹿起一缕烟尘，狗就追着烟尘叫，河堤上的柳树摇晃了，狗就扑向柳树叫。或者掉转头，边跑边冲自己身后叫，好像那东西追上来了，就扒在它尾巴上。

早起的村人，眼睛天上地下溜了一圈，又与狗一同追逐半天，他很想看到狗眼里的东西，但就是看不到。能看到的话，也是狗眼里的他。他不能再消磨时间了，要去地里走走，看看啥时候能开墒。

可就在离开大桥的一刻，他脑中像钥匙插进锁孔转了一下：春天来了，狗还能追逐什么？

3

冬天的风号冷，一寸一寸号到地下三尺深，春天的风号暖，将地下三尺深的冻一寸一寸号浅了。三尺之下的地气，便伸胳膊蹬腿，舒展憋屈已久的身子，将一冬天冻僵的土地暖过来。

干喇喇的嘶云河苏醒了，有冰的地方冰开始消融，没冰的地方渗出湿来。从冻在一起的沙石之间，湿围绕着石头渗出来，起初一根线似的不经意，慢慢地变粗变深，承接着绵延的地气，像石头生出阴影一样扩展。湿气越来越重，把沙土黏糊糊地松软了，渐渐变成泥沼。某天风卷走夜幕，河上出现东一汪西一汪的水，像嘶云河渴望的梦，那渴望穿越了漫长的冬天。

在此之前，已经历了一场一场的风，包括那晚折断树枝，摔碎瓦片的风。但就整个春天来说，风还刮得远远不够，还得刮下去。在一场场的风中，河中梦一般的水，梦一般地变化着，有的扩大了，有的缩小了，有的甚至消失了。因为变化无定，还没有生出根来，所以叫野水。

狗依旧往河上跑，天一亮就蹲在窝边，一会儿盯着屋门，一会儿瞅着院门。在紧闭的两门之间，眼睛就像它的狗爪，把院中薄霜似的清静，来来回回地瞭下几道爪印。容它跑出去的机会就待在门后面，从拔缝挤扁了脑袋瞭它。但它跑出去追的不再是风，而是那野汪汪的水，水比风更骚。

4

野水沉浸的雁门关上残雪皑皑，那闪耀的光朵仿佛雁叫声。狗听到了那明亮的叫声，担在雁翅膀的两头，一扇一扇的。它在长空中寻找着雁的身影，可雁早就北上，到达更遥远的北方。

倒映的天空愈瞭愈深远，把阳光能穿透的水无限延伸了。狗没有瞭到雁的身影，却瞭到了还未落定的雁叫声。每年雁渡关山，一朵一朵的雁叫声，从丢下的那一刻起，就跟雪花似的，跟它掉下的羽毛似的，开始飘啊飘的。雁门关活了千年，雁叫声飘了千年。瞭到雁叫声的时候，狗还瞭到飘着的一样没有落定的儿歌：

二月二，剜小蒜，狼一半，狗一半。

儿歌早前就飘起来了。儿歌飘起的那天，在嘶云河畔的田野上，三五个生小子手执小铁铲，一步一盯地寻觅着。他们剜过的"龙头"，有的半毛不剩，有的仅留一撮后拽拽。小蒜是此时地里最早生出的绿色，孱弱得几近于无，只有走到跟前才能看到。样子瑟瑟的，似乎想从你眼前逃走，却又力不从心，或一动不动，怯生生地注视着你，企图躲过你的视线，不被你发现。

那小蒜苗仅有两三根细叶，像《三毛流浪记》中三毛头上的毛，直到盛夏才会苗壮。可它能拱破初春硬邦邦的土地，经得起料峭春寒，经得起一场接一场的风，是想象不到的柔韧。风可以折断树枝，摔碎屋上的老瓦，却折不断毛一样的小蒜叶子。

生小子们剜下小蒜后，便聚集到野水边，受旱一冬天了，他们很想像夏天那样跳进去，光不溜秋地玩个痛快。可大人们早警告过，这时的水还凶，下去会浸得腿抽筋，浸坏传宗接代的小祖宗，长大娶不下老婆。他们只好作罢，心又回到小蒜上。掐掉小蒜泥哄哄的根须，剥去蒜头的蒀衣，一棵一棵地清洗干净。两手通红了，做活的样子蛮大人的。

收拾好的小蒜，从头到尾的鲜嫩，那扑鼻的小蒜味儿，勾起他们无限食欲，喉咙里像长出第三只手来。母亲曾经用小蒜做过的饭菜，凡能记起的便涌现脑中。最奢侈的是小蒜炒鸡蛋，绿茵茵的蒜叶子，白珍珠似的蒜头，嫩黄嫩黄的鸡蛋，再俏上几片西红柿。最提味的是腌小蒜，切小葱一样切好了，炝上胡麻油，浇上老陈醋，吃什么都下饭。特别是吃面条，吃高粱面"鱼鱼"，撩上那么两三小勺，呼呼噜噜的，能把舌头吞掉。或把卤猪头肉切得薄薄的，一片儿一片儿蘸上腌小蒜吃，一入口便粉皮似的滑溜到了肚里。

收拾小蒜的时候，他们对水仍念念不忘：

一个说，你说，这水像啥了？

一个笑道，像你妈的奶子。

一个说，你骂人。奶子是鼓的，这水是鼓的吗？

一个笑道，不是鼓的，那你说像啥了？

一个说，像你姐的桃花眼。

5

狗被仨小子们吸引着，目光一抡一抡的，把阳光弹成了雾。它很想蹭个热闹，却又不敢靠近他们，便隔着一片干涸的河床，在另一处野水边玩起来。

水中的一条狗也跑来，与它一同玩耍，一个水里一个水外，玩得情投意合。它举起尾巴摇一摇，对方也举起尾巴摇一摇，它直起身子人立了，对方也直起身子人立了。可玩着玩着翻脸了，隔着如镜的水面，两颗头凶相毕露地抵到一起。先前的欢洽变成恶咬，它龇牙咧嘴地咬一口，对方也龇牙咧嘴地咬一口，相互咬得面目全非。咬了半天才发现，它在跟自己的影子打架。

打得水世界天崩地裂，一块块飞溅起来。阳光乱纷纷的，像遭老鹰追逐的雁叫声。沉没水中的石头，有的乌龟一样露出水面，惊恐地张望着撕咬的狗。生小子们也停下手张望着，他们不知道狗在跟什么打架，或者怎么会跟水打架呢？他们想到了鱼，狗不是在打架，大概是在咬鱼。可这水中哪会有鱼呢？

狗与水的气氛感染了他们，像盛夏一片被风喧哗的葵花地，感染了另一片葵花地，他们也手舞足蹈起来，把左腿朝后骗到一起，一边用右腿弹跳着转圈，一边拍手歌唱：

编，编，编花篮，花篮里面有小孩，小孩的名字叫花篮……

在野水边转了一圈又一圈，花篮编了一个又一个，他们陶醉在游戏之中。眼前海阔天空，一个个花篮像彩气球升起，像孔明灯升起，歌声成了系在花篮上的飘带。花篮里的"小孩"，扒在花篮边上俯瞰到，离河畔的村庄越来越远，离环绕村庄的田野越来越远，他要想回到地下，就得生出一双翅膀。

6

风变得隔三岔五，被风刮走的夜幕，一幕撵着一幕，在白天那头翻卷。生小子们与狗的玩闹，在野水边仅留下杂乱无章的踪迹，还有石头上狗骗起后腿做的标记。

狗闻寻着自己黄渍渍的溲味，溲味一头粘在石上，一头发丝一样飘着。狗去撵一丝飘断了，飘向水中的溲味时，发现雁门关上的残雪不见了。好像大前天还在，阳光照得刺目，今天却不见了，空余下一片湛蓝，一片能敲出铁响的山寂。那消失了的残雪，也是盘踞雁门关的最后一片残冬。

除了消失不见的残雪，狗还发现水面上蹀着三五只水蚊子，像多年后它蹲在电视机前，或在城市广场上的后代，看到的滑（旱）冰的人一样，滑来溜去。还有几片悄然而至的花瓣，晃悠悠地漂着。便有燕子扑下来，在水面上一闪而过，鹐走一只水蚊子，叼走一片花瓣，丢下一个不断扩大的水花。

水花将日子变成圈，一个日子一个圈，后一圈赶着前一圈，带来耕地的扬鞭声，带来播种的耧铃声，田野上一天比一天人欢马叫。田野上热闹的时候，水中也热闹起来。蛙鸣是从一个无风之夜开始的，走进云幕的月亮先听到一两声，过了一会儿又听到三四声，叫得小心翼翼。直到月亮重新走出云幕，与水中的月亮交相辉映，蛙才连续不断地叫起来。夜越深叫得越响，呱呱哇哇个不停，把野水变成了沸水。

蛙声像一串串水泡，带着一团团蛙卵，从水中间向四周扩散。在聚集了蛙声的水边，芦芽敛声静气地观望着，它看到浮现的蛙脑袋，一边叫一边保持警惕，随时准备躲到水下面。亮晃晃的水面，为芦芽展现出日后的光景，一如往年枝繁叶茂，长成绿汪汪的芦苇丛。小苇莺来了，大苇莺来了，别的鸟也来了，黑夜是蛙的世界，白天是它们的天堂，一样把野水变成沸水。

早在蛙现身之前，在踪迹杂乱无章的野水边，狗就发现多了新踪迹。从那些踪迹残余的气味中，它嗅出有虫有鸟有兽，它们来到水边的时候，有的小心翼翼，有的漫不经心，有的直奔了过来。这天狗嗅到的，最高大的是一头驴，这家伙它前几天就见过，在河堤上走来晃去，只因惧怕它和仨小子们不敢靠近。

驴是一天中午收工后，在从地里回村的路上，瞭见野水边只有午闲眯了眼守着，得到主人的允许跑来的。主人卸下它背上的犁，给它摘掉笼头，朝它屁股上拍一巴掌，说去吧。它选择水边一个干净处，先四蹄朝天地打几个滚，把浑身的疲劳从毛孔赶走，然后埋头饱饮一通，把一上午积聚的满肚干渴，顺着肠道一股脑儿地浇灌掉，便照着水顾影自怜起来。

主人扛着犁回到村口，担心驴玩过了头，就遥望着驴吆喝，耍上一会儿就回来，吃了饭歇一歇，还得下地去。主人吆喝的时候，其实连个驴影子也没瞭到，只是朝着驴大致的方向，把喊声放出去。驴压根儿就没听到，或者听到了，逛城门洞似的，东耳朵进，西耳朵出。

驴甩打着尾巴，没有像狗一样连自己都不认，打架打得天昏地暗，而是偏了头认真地欣赏自己。如此相貌堂堂，它还是第一次发现。驴一下子无法自已，周身的血液山呼海啸，渴望得到一头母驴的青睐。于是从胯下掏出枪，吼叫起来：

啊唶尔——！

啊唶尔——！

那天的驴叫声，是驴的魂在奔跑，奔过嘶云河，奔向炊烟已在烟囱上像松散的辫子盘起的村庄。在一片片屋顶之上，驴蹄铁闪耀着飞机的银亮，围绕村庄尬起一圈圈烟尘。

除了耳浅的驴崽子，村里的驴都听到了，也听出是哪个家伙在撒野。这样的撒野，尤其是春天，时常会发生。公驴们不以为然，它们都声嘶力竭地干过。母驴们更是习以为常，早被这种叫声喊惯了，也追赶惯了。在这吃饱喝足，上午驾过的车或犁卸在太阳下的午间，最美的事就是和屋里的主人一样歇上一会儿，站在驴棚里的驴槽前，或卧在墙根的阴凉处，边甩尾巴边打盹。因此回应声寥寥，抛到天上又掉下来。

野水边的驴，顺着叫声蹚下的路，直趟趟地瞭到，它遭受冷落的叫声变得纷纷扬扬，无精打采地落下。有的落在笼罩房屋的树上，像雪落到水中一样。嫩绿的树亮闪闪的，一副春雨洗过的样子，叶尖上挂着水珠。等到盛夏时候，会在村子上空绿成潭，投奔的鸟们扎进去，击起嘭咚嘭咚的声响。

一如雁门关上残雪的消失，树绿得不知不觉，村中长嘴的都好像说不清它是何时绿的。似乎太不当回事了，感觉也就一夜之间，可回头一程一程地去瞭，又好像已经历了一个春天。

环绕村庄的树木，环绕田野的树木，早告别了冬天的枯瘦。与天相衔的山脉，圈起远远近近的绿色，还有一片一片已开始烟消云散的桃杏花。更广阔的，是此时的绿色还无法遮盖的黄土地，像怀孕的女人一样温存而安详。布谷鸟断断续续地叫着，叫得苦口婆心，无人听了，它还在叫。它从哪天起叫的，要叫到什么时候才作罢，只有埋下种子的黄土地知道。

"春风不刮地不开"，把地刮开了的风不再呼号，刮成了嘶云河畔的垂柳，那万千绿丝绦便是拂煦的风。倒映垂柳的野水，已在河中扎下根，与地下水串通了，不会再梦一般的变化，不会被夏天到来后的洪水冲走。水中除了生小子的身影，又多了女人或肥或瘦的身影，她们叉开腿坐在水边，双脚浸泡在水里。白胖胖的脚趾，被顽皮的蝌蚪当成虫，围绕着摇头摆尾。每人面前摆块洗衣石，一边说笑一边洗衣。

生小子们有时一丝不挂，做了母亲的便替做姑娘的驱赶，挥舞着手中的棒槌叫骂。被骂的生小子，害怕她隔着水把棒槌像弼马温的金箍棒呜呜地扔来，便水淋淋地抱上衣服就走。走远了却不甘心，于是在阳光下亮晃晃地朝女人耍小祖宗，笑嘻嘻地喊：

我就不穿衣裳，我就不穿衣裳。

姑娘脸赤了，赶紧并拢两腿，把头别向一侧，一只手轻掩在唇边，吐出几片柳叶似的笑，在水里浅浅地打转。女人的嗓门又大开了，能开出坦克来，忽颤着两个奶子，把话当棒槌扔出去：

死娃子！回家叫你娘看去，跟你爹的比一比，尺寸不够揪一揪。

每个人的衣物都不少，好像积攒下来，就等着这一天洗。衣物有新有旧，新的花花绿绿，旧的灰灰暗暗，嘭嘭地捣洗净了，晾晒在野花星星点点的河滩上。晾晒的时候，一个人双手拎着，或两个人麥开胳膊揪住四角，先要将衣物抖展乎了，抖出能挂到眼睫毛上的七彩晕。

阳光也树一样丰茂起来，在白云苍狗的天空下，在日昼漫长了的村庄内外，长成参天大树，但不是浓荫匝地的树，而是轰轰烈烈的树，一树一树的金叶哗啦啦的。

村人像往年说，哎呀，夏天来了。

村人又像往年说，今年的春天，咋这么短促？

八月的禾场

往年，也就这个时候。

呼隆隆声响起，后面的撵着前面的，蹚出一条直趔趔的道来，从村中禾场上，奔向村外人欢马叫的田野。蹚起的丰熟的稔味儿，一溜烟尘似的。

哎哎，你听，这是啥声音了？

还能啥声音？日的！

停下手中口角挂汁的镰刀，都面朝村中禾场的方向，耳朵踮起脚站在头上，想高过面前的庄稼，高过远处张望天空的树木。面前的庄稼是高粱，身后已割倒一片，鞋掌大的穗头，熟得像老姑娘了。

村中的禾场，同田野上一样繁忙，但比田野慢一步。当第一车庄稼拉回来，第二车庄稼拉回来，后续不断地拉回来，满载的马车浩浩荡荡，庄稼在禾场上"起山"了，禾场的繁忙才开始。

负责"起山"的人，先一捆一捆打好垛底，然后一圈一圈地往上码。码高的时候，下边的人用铁叉扎住捆子，嗨的一声挑给上边码垛的人，捆子脱离铁叉飞起来，码垛的人双手接住，将捆子头朝外码好了。码成垛的庄稼，用脚一踏虚晃晃的。那虚很长势，码垛的人站在上面，好像头顶住了蓝天，眼中饱览的仅是禾场，却感觉瞭见了整个村庄，瞭见了环绕村庄的田野，瞭见了十里外火车穿过的镇子，二十里外城中鼓楼高过城垣的县城。

一垛一垛的庄稼，将秋天搬到禾场上，空旷的禾场被占去大半，垛与垛的影子勾肩搭背，阳光在盘绕的过道中捉迷藏。如果拿走庄稼垛子，会留下许多圈，从天上往下看，一个个就像碗扣的。围着不同的庄稼垛子，有切谷切高粱的，有切黍子切穈子的，手中闪耀的爪镰，将庄稼的穗头与秸秆分开。秸秆被拉到禾场的另一处地方，一部分留作牲畜的冬饲料，一部分分给各家各户做柴火。

还有专门赶鸟的人，举着顶端扎一块破塑料布的长杆赶鸟。庄稼散发的稔味儿，在禾场上空汇聚了，被阳光照射得五彩缤纷。不同的稔味儿，有不同的颜色，高粱是红的，谷子是黄的，穈子是灰的。还有不需要切头的菽类，黄豆呀黑豆呀绿豆呀。一垛庄稼一种稔味儿，鸟们喜欢哪种稔味儿，就扑向哪垛庄稼。赶鸟人舞动长杆，从这一垛赶到那一垛，鸟们被赶恼了，就跟他兜圈子气他，或聚集在禾场墙外面的树上，叽叽喳喳地围攻他。

鸟们的骂一片一片，像它们气炸的羽毛，落到赶鸟人身上，把赶鸟人糟蹋成狗撕了的鸡毛掸子。赶鸟人边抖掉身上的骂，边挥舞杆顶端的破塑料布，啪啪地扫荡袭来的骂。鸟们一哄而散后，丢下的骂半天才能落定，有的跟着鸟飘远了，有的粘在树梢上，有的落在庄稼垛上。

当然，还落在垛下面切穗人的身上。

庄稼被切下的穗头，在禾场的空场上铺开了，场把式一手牵着三根缰绳，一手扬鞭吆喝驴碾场。驴都戴着铁笼嘴，屁股上挎着粪兜，怕它们碾场时贪吃，怕它们把屎拉到粮里面。

三头驴拉着碌碡，一头跟着一头，围绕场把式转圈，转一圈就等于碾三遍。先从铺开的场边上碾起，然后一圈一圈往回转。站在圈中间的场把式，像站在庄稼垛上码垛的人一样威武，鞭耍得叭叭的。但驴们始终不紧不慢，好像与它们无干，场把式不是赶它们，是赶它们拉着的碌碡。

一圈碾到头了，场把式就收一收手中的缰绳，收缩的长度正好是碌碡的长度，然后紧贴着上一圈碾下一圈。等最后一圈碾完了，负责翻场的人拿铁叉把穗头朝上的一面翻下去，把朝下的一面翻上来再碾。两面都碾完了，场把式捡个穗头看看，没碾净的话继续碾，半粒不剩了就收场，把碾净的穗头挑到一边，把碾下的粮食收起来。

整个碾场的过程，就像场把式与码垛的人较量，码垛的人把秋天一圈一圈往高码，场把式把秋天一圈一圈往扁里碾。一个一个码起的垛子，被一个一个碾扁了。秋天从地里开始，在禾场上结束。当所有的庄稼垛子被碾扁了，秋天也就圆满地画上句号。

场把式碾场的时候，扇车一直蹲在场边，饶有兴致地看着。它看到黑不溜秋的驴脑袋一挣一扎，把阳光扯得一闪一晃；看到圆滚滚的碌碡碾过时，碾起的粮颗子草虫一样四溅；看到场把式扬起的鞭花，被飞过场上空的老家贼叼走一朵。

在扇车一侧，扇车手袖手而立，半个身披着扇车影子，也笑眯眯地看着。那闲人似的样子，场把式相信不假，扇车手是在消磨时间，等他把场碾完了。但把式对把式，眼中免不了挑个刺儿，便掰个刀尖藏在笑里面，看他手中的缰绳掌握的松紧，看驴们是否步调一致，看碌碡碾的深浅。

于是场把式鞭子一挥，冲扇车手甩出去，叭地给他丢个响，然后蛇尾巴一样收回来，叭地又一响丢给驴。犟驴们不能声张，从铁笼嘴囚着的口中憋出来，待在驴背上发蔫的吼叫，赶下驴背去。鞭子横耍个大"8"字，接着扑向天空，叭叭叭又三响，像放了三枚爆竹，鞭花纷纷扬扬地落下。扇车手眼跟着飞舞的鞭子，看着天上鞭花残余的烟，脸上的微笑一下灿烂了。他哈哈大笑，场把式也哈哈大笑，禾场上冒出两盘野葵花。

扇车手转身拍拍扇车，拨两下扇车的摇把，意思是一会儿该咱们上场了。扇车呼隆隆心领神会，一会儿他们上场后，闲下的碌碡会像它看碌碡一样看它，场把式会像扇车手看他一样看扇车手。

在此之前，也就是庄稼入场前，禾场要收拾好，扇车要收拾好。除了短暂的夏收忙几天，扇车都待在禾场的场房里，或场房的屋檐下，被日子耗荒得趴了窝。

闲置的扇车灰头土脸，灰头上落着鼠粪，土脸上扒着鸟屎，夏忙的时候躲到缝隙里，没有被鼠和鸟捉走的麦粒，还有风在风膛里做梦时留下的草籽，都发芽长苗了。从外到内清理干净后，把松动的卯榫揳紧，把残缺了的泡钉换补上，把受损的扇叶修好，给扇轴的轴孔膏上油。整个焕然一新，尤其是新换补上的泡钉，蘑菇状的钉帽，透着当初叮咣叮咣的炉火的纯青。

扇车收拾好了，就叫来扇车手试车。有点像驴集上挑驴，扇车手先正面端详了，然后顺着扇车一侧，从头到尾边看边摸，再从另一侧转回来，摸到不放心处，少不了拍打拍打。拍打扇车屁股的时候，就像拍打叫驴的驴沟子，拍打得扇车一仰一仰。最后，把手从扇车肚底下返回扇车背上，抚摸着一排排泡钉，撸起袖头握住摇把，猛地摇几下。扇车收拾得爽不爽，最终全看这几下，一摇就摇出来了。

也就是从那刻起，扇车便守候在面貌同样焕然一新、晒得瓷光光的禾场上，等待庄稼入场，等待第一茬庄稼碾下来开扇。开扇的时候，那叫声听起来，就像秋收时村庄宣告开镰一样：

　　开扇啦——！

　　开扇啦——！

辽阔的田野静了，仿佛一张纸从地里长出，一直长到半天空，直愣愣地挺括了。接着又人欢马叫，一把把镰刀重新埋下头，饿羊似的扑向庄稼，倒下的庄稼变成捆，被马车满载而去。

呼隆隆的扇车声，带来即将吃上新粮的希望，也带来禾场上的情景。扇车手坐在凳子上，左肩上搭一块毛巾，右手摇着扇车的摇把。准确地说是"打"，摇扇车叫打扇车。右手并不始终握着摇把，只是摇把一圈转过来，迅速抓住给一下力，再把手撤回来。摇把与扇轴、扇叶一体，"打"起来一同飞转。此时的摇把"如影随形"，扇车手每"给一下力"出手极快，稍有迟缓就被摇把"咬"一口。

扇车手"打"神了，就变成"耍"，简直表演一般。手与摇把角色互换，先是手跟着摇把的节奏，这时是摇把跟着手的节奏。手跟着摇把的节奏，也就是跟着扇叶的节奏，摇把跟着手的节奏，也就是扇叶跟着手的节奏。六七片飞转的扇叶是看不到的，就像自行车如飞时看不到辐辘的辐条一样。风膛几近于"空"，从两侧风窗吸卷进去的风，从风嘴呼啸而出。

那呼啸而出的风，完全掌握在扇车手手上。准备开扇之前，扇车手捡几粒粮食，一粒一粒丢进嘴里，嗑麻子一样咬了，从咬出的干湿度，决定开扇之后的力度。粮颗子嘎嘎嘣嘣，需要的风就小，粮颗子粘牙，需要的风就大。需要风大时则快，需要风小时则慢，快慢尽在他掌握之中。

打扇车用的是巧劲，但那一刹那的"巧"，仍需要"劲"到位，因此一场粮食扇下来，扇车手比场把式要费力得多。上身脱得仅剩件背心，肩膀被汗渍得油津津的，右胳膊上的肉滚来滚去，像皮层里生出鸡蛋。打扇车中间，不时拿下来揩一把脸，揩完了又搭到左肩上的毛巾，两手一绞水淋淋的。

一场粮食扇的时候，除了扇车手，还有传粮的、淘粮的、耙杂的、抢帚的。传粮的拿簸箕撮上粮食，递给扇车顶上淘粮的，淘粮的一手倾起簸箕，一手来回拨拉着粮食，从扇车头上均匀地倒下去。

经过呼啸的风嘴，最先落下的是粮颗子，渐渐地坟头一样堆起来，再是分离出的杂七杂八，紧挨着粮堆一边落下，剩下的皮皮尘尘被吹远了。耙杂的将落下的杂物耙出来，抢帚的将杂物耙掉漏下的皮尘，还有未刮远的皮尘清扫掉。两个人都戴着草帽，草帽下垫着毛巾，耷拉下来的毛巾，将后脖颈和脖两侧罩住，干活时一闪一闪，像电影中日本兵的"帽垂布"，也就是"屁帘"。

原堆的"毛粮"，一簸箕一簸箕，在扇车的呼啸中，变成光溜溜的"精粮"。一场粮食至少要扇三遍，一遍一遍扇下来，跟砂淘洗过一样。抓一把哗地撒到地上，像豆子国举行撵兔比赛，你追我逐。

入夜，禾场的空场上，一根临时竖立的杆子，把夜幕高高挑起，挑着一盏几百瓦的电灯，飞虫叮叮地扑着灯泡。白天打下的新粮，堆在灯光最明亮处，堆在一双双眼中，金山一样流光溢彩。

从地里收割回来的人，排成长队等待着，是禾场上人最多的时候，也是每个人最安静的时候，该有的热闹都融入静中。电灯被风撩逗时，静如水面漂动起来，漂着长长短短的身影。有的身影搭到空场边的庄稼垛上，有的甚至搭到禾场的墙外面。都把嘴困了，更多时候拿眼说话，即使脸隐在黑暗中，眼睛也是灼亮的，相互灼一眼，便心领神会。

像场把式碾场时一样，扇车安闲地蹲在那里，看着它淘洗过的粮堆，与屏声静气的人。一个红色的磅秤守候在粮堆边，负责过秤的队长伏在秤梁上。分粮开始后，挨个儿上前撑开口袋，由撮粮的往口袋里装粮，然后拎到磅秤上过秤。队长头勾了，瞄着秤梁下面的标尺，小心地拨拉游砣。如果标尺啪地头翘了，就叫撮粮的从口袋里往出掇粮，如果标尺头还耷拉着，就叫撮粮的往口袋里添粮。需要加码时，从秤梁的耳朵上摘个增砣，在手中抛个跟斗，加挂到挂钩上。

一家的称好了，队长回头跟会计唱道：

某某某，四口半人，四五二百，再加半口，合计二百二十五。

会计端坐在一张课桌后面，再拿算盘复核一遍：

某某某，四口半人，四五二百，再加半口，合计二百二十五。

谁分粮谁就早站在一旁，看着算盘珠子上蹿下跳。会计复核罢入账了，便将早准备的一口气，堵在章或指头上，从印泥盒里蘸足印泥，在账簿上盖章或揿手印。会计说"好嘞"，队长便喊"下一家"。

禾场上积聚的欢笑，是从走出禾场开始的，禾场的栅门像扒开的水口，分头流向渠一样的大街小巷。黑乎乎的街面，浮现波粼粼的光，背着满袋新粮，脚下一踩一个旋涡子。

院门吱吱呀呀响起，然后哐里哐当闩上。把欢笑关进夜气虚浮的院子，关进墙根下粮缸迫不及待的屋中，直到与罩着晕圈的灯一起熄灭。因分粮忘记的一天的劳累，从浑身的骨缝钻出，把入梦的欢笑包裹，被鼾声煮面疙瘩一样煮了。沸腾的面疙瘩，撒着秋菠菜叶子，炝着麻麻花，香溢出新粮的味道。

那新粮的味道，像中午攀着阳光的炊烟，高过村庄上空的树头，高过拖着一根线的鸡鸣，直到瞭得见远山折叠的深处时，软晃晃地脱落下来，从村里向村外弥漫开去。

墙头上跑马

风来啦，雨来啦，蛤蟆背着鼓来啦。

在一跳就能探出头去的黄土墙上，你们摘开双臂，呼风唤雨地奔跑着。四下里却只有蛤蟆赶来了，背负闲了一冬天的鼓，在河洼里"鼓舞"。

墙西边是懒洋洋的禾场，几个高大的垛子袖手而立，把影子衣襟一样掖在裤腰里，张望着每天拉干草车出入的场口，有糜穄、谷草、豆秸，都是去年秋天打场留下喂牲畜的。墙东边是忙碌的田野，或渠水汪汪地灌溉着，或犁翻着泥浪，鞭子在驴屁股后面耀武扬威。

太阳蹲在一处云崖上，刚从天街上剃头回来，一手抚摸着还冒热气的脑壳，居高临下地望着你们。一撮叫"后拽拽"的头发，在你们脑后飘扬，拽着一把欢腾的阳光。你们脚下生风，把裤管灌得满腹牢骚，但也免不了摇摇摆摆，像站起来卖酷的猴子。

从墙上跃起的一刻，你们收拢双臂，扑向离墙最近的一垛糜穰。身子陷进去的样子，就像被垛子敞开怀吸了进去。半截身子被吞没后，糜穰蜂拥而上，抱住你们的头，又将你们推了出来。那推的感觉，准确地说是弹，像撞在糜穰光滑的肚皮上。

整个垛子着火一般，一哄而起的尘烟包围了你们，带着垛子深处经年的霉潮气，带着垛子表面晒出来的甘味……

从这个上午开始，村庄的墙上又出现你们的身影，而在此之前，白天比兔子尾巴长不了多少的冬季，村庄的墙被风独霸。尤其是数九天，你们是轻易不出门的，更别说去爬墙了。但你们能看到风，耳朵站在脑畔，比眼睛还好使，哪怕窗户遮挡得严严实实。

在绵延无际的冬夜，风是团团伙伙的猫，墙上墙下追逐，翻了脸打起来，相互撕咬得血肉模糊。是成群结队的狼，在院门紧闭的街头流窜，爪下的漆黑像海绵，然后蹿上阴沉沉的院墙。离开村庄时呜呜咽咽，或仰天长嚎，把夜空穿出窟窿，星火从天外面漏了下来。

再或者，风是气势汹汹的沙尘，把村庄活埋了，待到天亮刨土豆一样刨出来，一窝一窝的。是漫天飞雪，被树搅出一个个旋涡，天上的雪翻腾下来，地下的雪翻腾上去。早晨风平浪静后，街墙上一面堆满了雪，一面干干净净。

这时你们若去爬墙或舔雪，遭遇墙上的石头的话，手会被嚓地"烫"一下，而舌头会被"咬"住，一用劲能扯出白烟，扯出血来。如果口角生疮，把口疮贴到石上，拔火拔火的，贴上几次就好了。

墙上的石头出蛰时，比虫呀草呀木呀，在季节的路上要落后七八天的程头。感觉它乌龟一样，吃睡吃撑了，才打个呵欠，将脑袋慢腾腾地伸出来。

你们爬墙时抓住它，不必再担心"烫"手了，如果光脚踩上去，大拇趾会抠抠的，抠出的全是舒服。那拇趾大的舒服，是剥光了的蒜瓣的模样，是浅浅的酒窝的模样。当然也会跐的，下雨或返潮的时候。早晨石头返潮时会沁出露珠，拽着一张脸或一个世界。

墙上的石头醒来后，村庄的果园里已花枝招展，冬天可自由出入的果园，像往年又封闭起来。被损坏的柴门重新扎好，围墙上被扒开的豁口也重新堵上，甚至增加了长刺的树枝或割碎阳光的玻璃片子，你们要想看到园里风景，最简便的办法就是爬墙。

果园的围墙比禾场的围墙要高，尤其是年纪能用草绳打成捆的老园子，披着苔衣的墙躺倒了能盖住街。但也难不住你们，总有办法对付，骑在墙上自鸣得意的时候，比得上燕子李三飞檐走壁。

你们先在墙上凿两个脚窝，按照跳起来的步大小，一个凿在右下方，一个凿在左上方，然后拉开架势退远了，接着朝墙冲去。冲到墙下时，双脚一前一后飞起来，前脚蹬住右下方的脚窝把后脚送上去，后脚再蹬住左上方的脚窝向上一跃，两手扒住墙顶翻上去。紧跟着的身影，呼喇喇的纸一样。

　　骑在刚上去还感觉晃动的墙上，两边的视野骤然开阔，如果果园一边挨着街，整条街便一览无余，一眼能从街头抛到街尾。如果一边挨的是田野，在地下望不见的沟沟洼洼，也看得清清楚楚了，有的沟洼里波光闪耀，最初的蛙声就来自那里。

　　春天的果园如过"花会"，花姐一拨接一拨，杏花、桃花、梨花、苹果花。当然还有树下的草花，像卯角的花小妹，撵蜜蜂的撵蜜蜂，捉蝴蝶的捉蝴蝶，扣蹦蹦虫的扣蹦蹦虫。而树上的花姐，一如多年后你们在书中见到的，"红的像火，粉的像霞，白的像雪"。

　　果园上空一堆堆的"彩云"，鸟在云中争风吃醋时，便下起花雨来，把树下的花小妹都迷乱了，敢情花姐们要卸妆了？让鸟带走的花瓣，鸟飞高了才落下。偶尔会落到你们脸上，被额前的发梢或鼻尖挂住，或不小心落到你们嘴里，唇一闭就入梦了。等到梦长大再翻出来，那花瓣更像是吻，吻背后一只手在解花衣带。

　　你们骑在墙上看花的同时，也在寻找喂嘴的，在你们雁门风沙里，春天最先吃到的是野薤，再就是榆钱了。大多果园里有榆树，而且多挨着围墙，甚至从墙上长出来，像忠实的护园人一样。吃榆钱便是举手之劳的事，如骑在马上折柳，撅根树枝摘上吃，或干脆一手揪住树枝，一手捋着吃。

　　几乎一冬天没见绿色了，你们的嘴比眼睛还贪婪，把榆钱满口抟揉了，但不囫囵吞枣，嚼出的先是生气，等把生气嚼熟了，吃到的才是甜。那甜藏在浅薄的嫩里面，起初有点发干，嚼着嚼着便汁了，从嘴角溢出来，同大把地吃野薤一样。

这大饱口福，如果你们是以逃学为代价，中午回到家中，便无论如何也瞒昧不过去了。出卖你们的自然是胃，它拒绝进食，还不住地打嗝，噙都噙不住。即使抻长脖子噙住了，可只要脖子一缩，嗝就像押在弹簧上的弹丸，又冲出口来。冲出口的嗝，你们看得清楚，曾大把大把吃掉的榆钱，从嗝中释放出来，小人一样复原了，一个接一个地奔逃。

那天你们糟透了，像拿自己为乐极生悲造句，中午在家挨了打，下午到了学校还得挨。手上捋榆钱捋下的绿，嵌到了手纹里，很难一下子洗掉。双手在老师面前伸展了，那便是逃学的"罪证"。而在此之前，家人把你们送到学校，要告给老师的都告了，临走还留下大话，让老师好好管教你们，该揍就要揍。

教鞭啪啪地落下，你们甩着手喊叫：

呀呀呀，老师，再不敢了！

或腰虾了，抱住手蹦跳：

再不敢了，呀呀呀，老师！

但几天过去，你们又忘乎所以，又出现在了墙上，依旧一边玩耍，一边寻找喂嘴的。

对榆钱你们已无兴趣，而家里才开始，摘回去凉拌上下饭，或做成拨烂子吃。前几天家里揍你们，并不是怪你们摘榆钱吃，而是因为逃学。但一直到果园名副其实，果园里再无可饱口福的。至于什么野菜、野薤已经吃下去了，其他的还没赶起来，或赶起来了你们又不屑，比如蒲公英呀甜苣菜呀。

于是仅剩下玩耍，拿着剥光皮的树枝当武器，骑在墙上打仗，像电影中厮杀的骑兵；或后来你们认识的堂·吉诃德，两腿夹着瘦马，手执长枪大战风车。直到被大人发现，于是骂起来：那么高的墙头，你们奶毛还没褪净，是不是活腻了？

要么是被田野上的情景吸引，你们不约而同地罢了手。一头挣脱犁具的驴，也就是今天的"马户"在撒野，被四起的呼喊声拦截得左冲右突。"啊肯尔，啊啃尔"地绝尘而去，渐渐变成一个大黑点，眼睛快撵不着的时候，大黑点又折了回来。一张渐渐阔起来的驴脸后面，紧咬着一根着火的尾巴，与地面平行了。

与你们相距不远的主人吆喝追赶着，身子杵在原地不动，追赶了一阵收住吆喝。远近丢下农活帮忙的人，也停止声势夸张的呼喊。喧闹落定后，驴也停息下来。它怔怔地环顾着，四下里和先前一个样，好像刚才自己在发疯，做了个白日梦。后胯下的它爷，也像是大惑不解，傻不愣登地发起呆来。

也正是它爷，刚才雄赳赳气昂昂，才使主人放弃吆喝，明白这龟孙子并非不想干活，也不是鞭子惹恼了它，是从空气中嗅到了什么，一时间管不住自己了。他一晃一晃向驴走来，驴也一晃一晃向他走去，就走就撩起尾巴刮打后背上的尘土。双方停住后，驴埋下黑不溜秋的脑袋，主人上前捡起地下拖着的缰绳，说灰你妈×的，越大越没脸了。

说着，替驴整整笼头：

我也想那个，可也得看场合啊。

末了，掀唇一笑：

咱先把地耕完再说，行不？

果园名副其实的时候，便有了看园人或看园的家伙，你们不能想爬墙就爬墙了。可每当此时，又是你们最想爬的时候。天上的星像落到了果树上，而且一日比一日灿烂。每天天上的星退去，满树的星便亮起来，你们不是去找果子吃，是去当传说中的摘星人。

最先被摘的自然是杏了，还毛毛猴的时候你们就下手，啃掉那一点点皮肉，把未结壳的杏仁捏碎涂在脸上，听大人们说能治春癣。毛毛猴再大几圈，就变得又酸又涩，杏仁也钻到壳里结成核了。这时的杏核还嫩，但能玩抓埯的游戏了，一埯一埯地轮流抓去，谁抓到兜里的多，谁就是赢家。

等到杏像乳头一样熟了，你们除了汁淋淋的吃，用已经敢怼石块的杏核，可以玩比抓埯更过瘾的游戏。在一块干净的平地上，双方用五颗杏核筑城，用十二颗杏核四面把守，然后用指头弹着冲锋陷阵的杏核，相互激烈地攻城。在一片冲杀与助威声中，胜者把一枚杏叶当旗帜，插到对方被攻破的城上。

而在获得杏核之前，你们是提心吊胆的，骑在墙上东张西望，确认安全后才下手。拽住伸手可及的杏树枝，或从墙上蹿到树上，把杏迅速摘到衣兜里，或扎紧裤带从领口揣到背心里。但摘着摘着，一个温和声爬上树来：

摘得差不多了吧，你们？

桃饱杏伤人，吃多了会闹肚子的。

你们的手和口一下僵硬了，眼仁慢慢上吊了，又慢慢翻下来，从错乱的枝叶间瞄树下的人。其实用不着瞄，你们也听出是谁了。看园人知道，你们下一个举动是逃跑，便说小心摔着的，他不会告给你们家里，也不会告给你们老师，但以后不能这样了。

大多看园的却很凶，即使一个平和之人，看了果园也会变驴，而且防不胜防，就像他们骂你们的。偌大的果园里，他们不管在不在，每时每刻都像是在，神通广大似的，隐身到了一棵棵树里面，隐身到了四周的墙里面，一旦发现你们，就冷不丁地现身。

你们赶紧奔逃，一时跳不下墙去，就沿着墙逃跑，揣在身上的杏，噼里啪啦地掉出来。看到掉出那么多的杏，看园的家伙更加恼怒，在墙下面凶神一样追赶，有时还带着一条突然出现的狗。直到你们从墙上消失，恶骂和狂咬抛出来，砸得园外面一片惊慌失措。

或是你们被困到了树上，爬到树枝越来越细的树顶端，再无处可逃时，就一晃一晃地威胁树下看园的家伙，你再逼我们的话，我们就跳下去了。看园的家伙才把气歪的鼻子端正了，叫你们乖乖下来，乖乖下来就无事了。要是掉下来，树没有摔死你们，他也要摔死你们。

可你们乖乖下来后，他说话不算数了，又变得凶神恶煞，不是当下在园里收拾你们，让你们立在那儿挨揍或罚站，就是把你们交给家长或老师收拾。交的时候，满口"偷，偷，偷"

的，像抓住贼小子一样。即使你们逃脱了，有时候也不会被放过，会被告到家里或学校，一样遭受皮肉之苦。

尤其是家里，觉得丢人现眼，把你们的屁股揍翻了：

你个小祖宗，咋就记吃不记打？

然后脱掉鞋，查看你们的脚心，接着啪啪地又揍：

也没长贼毛的，为啥屡教不改呢？

夏天愈来愈丰硕，喧腾的乳房圪晃晃，你们不再为嘴伤心，更热衷于墙上玩耍。骑在墙上眺望田野，与春天的景象截然不同了，像你们日后在南方见过的大湖。

平静的时候，湖面上波光粼粼，埋头劳作的人，草帽一漂一漂的。云涌风起时，打前阵的是簇浪，从水天相接处，若隐若现而至，离你们越来越近，到达墙跟前消失了。在不安的气氛中，随后而来的波涛，掀起铺天盖地的喧哗，汹涌地扑到墙上，接着又掉头而去，顺来路退向湖深处。

一波接一波的风浪过去，辽阔的田野复归平静，未来得及退去的残余的风浪，与湖浪退去时遗弃的水草一样，撕撕扯扯地挂在墙上，挂在你们身上。被风浪劫来的，沾在墙面上的禾叶挣扎着，像被困岸上的鱼，一鲅一鲅的。

你们从墙上下来钻进地里，一个猛子扎到水深处，闭住气沉浸一会儿，然后哗地钻出水面。在庄稼即将淹过头的地里，你们抹一把脸上的水，回望刚才还骑着的墙头，突然间心花怒放，眼窝里的笑活蹦乱跳。

你们瞭到墙顶上长出颗秃脑袋，那脑袋分明是一个看园家伙的。但有些时日了，是有次你们去犒劳嘴，被发现后落荒而逃，他爬上墙张望你们。或是后来你们报复，在墙外面用石块砸出墙的红杏，他在果园里吼叫着，把脑袋探出墙，看谁又在偷杏了。

被田野淹没成岛屿的村庄，一缕两缕粗烟升起后，朝东或朝西弯了，由浓到淡地飘去，特别是傍午之时，就像大湖上驶来火轮船。载着日日少不下的鸡叫声驴叫声，还有日日少不下的其他叫声。

一声撵着一声，拽着你们的眼睛撵到了半天空，又远远地落下去。在绿汪汪的田野上，最嘹亮的鸡叫声和驴叫声，有的击起老高的水柱，有的却只溅了朵水花，有的流星一样消失了，有的被飞鸟叼走了。还有的蹿起后，蹿着蹿着脖折了，又一头扎回村庄。

高空之下的村庄，一道道高高矮矮的墙，把村庄分割成一块一块的，就像棋盘的样子，由大街小巷连接起来。被树木掩映着，连绵的墙变得断断续续，屋舍时隐时现，老老少少的烟囱蹲在屋顶上，叼烟的没叼烟的，都守望着自家院落。整个村庄看下去，仿佛夏天精心布置的一座迷宫。

一头扎回村中的叫声，砸在街边污水里躺着的猪身上，猪脏兮兮地爬起，边跑边掉后头去，呼哧呼哧地发怒。也有的砸到收工回家的光头上，佛头着粪一样，砸得一个棒状物冲出口来，"我操！"用手摸一把头顶，拿到面前瞅半天，手上却什么也没有。于是脖子梗了，又一个"我操！"

猪恼人骂时，你们潜伏在墙上偷笑：

有的学猪发怒，呼哧，呼哧！

有的学人骂，我操！

在夏天布置的迷宫中，你们有时脚不着地的，能沿墙窜遍一条街的半边院落。大大小小的院落，除了你们家的，再熟悉的院落也不乏神秘，不熟悉的就更不待言了。

而且墙愈高愈神秘，好像院落的神秘随着墙增长，尤其是与禾场和果园的黄土墙不同的，一层一层能把街挤成逼仄的深巷，能把天空挤得剩下一条的青砖墙。燕子在高墙上飞翔，飞进去时衔着泥或虫子，飞出来时爪下带着几丝缥缈的东西。

但无论多高的院墙，你们只要想办法爬上去，在墙下面眼勾勾地仰望着的神秘，就变淡或消失了。变淡或消失的时候，它总是胆小如鼠，急急遑遑。院内几乎一览无余，即使你们经常光顾的院落，也能看到平时进出看不到的情形。

有一种情形你们叫"白"，如果那白灰败败的，你们会捂住嘴干呕一声；如果是亮晃晃的，你们的目光便被粘住，皮筋一样拉长了。瞭到那白的时候，有时会先瞭到围绕白的墙上，搭着一根红裤带，或一条白茬茬的皮裤带。

当那亮晃晃的白，胜过头顶的太阳时，你们就用手遮挡在面前，怕继续瞭下去闪了眼。但心又按捺不住，于是掰开指头，掰出一条缝来，好像从指缝中去瞭，会减少灼目。手捂在脸上，你们就像戴了面具，回头相视的时候，都赶快把掰开的指头又并拢了。

一个道，我啥也没看见。

一个道，扯淡，你啥都看见了。

一个道，你才啥都看见了。

一个道，那是，我看见你看见了。

你们打嘴仗的时候，第一个受害的是一页板瓦。被你们不小心蹭下墙去的板瓦，原来扣在墙顶的一道裂口上，防止下雨时雨从裂口灌了墙。

瓦一头栽到地下后，满院冰玻璃一样的静，也跟着瓦碎了。你们不小心的心，一下背弓了，猫跳起来。像这样的猫跳，已不知多少次了，但仍令你们张皇失措。你们落荒而逃，沿着墙经过几处院落，逃到一家屋子的后屋顶上，心才安定了。

你们仰躺在瓦垄上，面朝屋后紧临的田野，被屋侧的一棵老榆树笼罩着，大人们是轻易发现不了的。即使被发现了，你们也有足够的时间溜下屋来，扑通扑通地钻进田野，也就是投入大湖，水毛子一样逃之夭夭。

田野的风吹来，把你们的慌措很快吹得一干二净，你们甚至有些沾沾自喜，那"自喜"像奔拉的狗舌头一样。如果带着火折子，带着水烟袋，便轮流抽起烟来。火折子和水烟袋都是偷偷从家里带出来的，要抽的烟是从果园的老墙上剥下的苔衣。老墙上的苔衣，冬天黑苍苍，夏天绿茵茵，剥一些放背阴处阴干了，丸成黄豆大的泡子，就能当水烟抽。

你们又不怀好意地坏起来，接着被瓦中断的胡思乱想，想那把裤带搭在墙上的人受到惊动，会是什么样子。这次你们没有打嘴仗，一致想象的结果是：他（她）受到惊动后，赶紧提起裤子走人。

这天墙上看到的一切，从看到的一刻起，都成了你们的秘密，仅限于你们知道，绝不能告诉其他人。最不能告诉的是家人，否则会被掌嘴，像用鞋底子抽，把你们的嘴抽成猪嘴。

你们在老榆树的浓荫下躲藏的院落，是名副其实的深宅大院，从后屋顶爬上屋脊，会瞭到整个院子。它曾分上下两院，后来下院的房子被拆了，连成一个半院空旷的大院。

偌大的院落，只住着一位孤婆，孤婆出现在院里，你们瞭到的时候，总是从头到脚的黑，没见她穿过其他颜色的衣服。前面燕子从高墙上飞出来时，爪下带着的缥缈的东西，就像从她的黑头巾下叼走的白发。

孤婆的身世，在你们雁门风沙里，没有几个人说得清，你们和大人一样，只管叫她王氏老婆子。据说那拆掉的房子，给村里盖了粮仓，也因之换来村里的照管，她可以"不劳而获"。"不劳而获"的孤婆，平时很少走出大院。

大院的一半依旧铺着青砖，当院蹲着个黑胖的大水缸，一半被茂盛的荒草占据。躺卧在荒草中的小路，你们从高耸的屋脊上瞭下去，一条通向墙上也曾搭过裤带的地方，一条通向南墙下的柴火堆，一条通向当初拆剩的门楼。

高大的门楼下，挂着一个筒状的大铃铛，像扒满马蜂的蜂巢，上面扒着大大小小的铃声。两扇大门缓缓打开时，铃声便丁零当啷地响起，有的趁机溜到了街上，有的顺着门前的小路跑到屋下，也有的钻到荒草中寻寻觅觅，惊起虫虫豸豸。

来者不管是抽空照顾孤婆的人，还是偶尔别的什么人，包括那个只有她看得见的人，孤婆总是毕恭毕敬。像个守门人一样，她打开门后，就站在门内的一侧，一手托着门边，一手抚着衣襟，把来人迎进来。

那个只有她看得见的人来了，你们自然是看不到的，但又梦一般感觉得到，是一个形容古板的老头。至于为啥是这样的感觉，你们也说不清楚。

老头很听话似的跟在孤婆身后，走在孤婆的影子里。或如你们猜测的，他会隐形术，害怕被人看见，躲在阳光背面。要是孤婆回头去抓他，一定会像抓破纸一样，把阳光抓个窟窿，从窟窿里抓住他。

每次老头来了，在孤婆屋里待的时间长短不一，如果待得时间长了，烟囱就会升起炊烟。孤婆所住的屋子，就是你们扒着屋脊的屋子，蹲在前屋顶上的烟囱，变得老妖一样，一缕烟扶摇直上，直至虚无缥缈。

也有烟落下来，在大院里弥漫了，增加了瘆人的气氛。好像那老头无处不在，不光是待在孤婆住的屋里，两边黑压压的东西房，窗户上的每个破洞，后面都埋伏着他的眼睛。你们如果从屋上掉下去，他一定会从破洞里扑出来。但愈害怕愈吸引你们，你们时常会爬到这屋上，躲在屋脊后面，即便没碰上老头来了，也想拿眼睛打探点什么。

窗玻璃望去黑乎乎的，根本瞭不到屋里面，孤婆像被屋子吃了，也听不到半点声息。你们的目光蚰蜒一样，在窗户上爬来爬去，想从黑暗的玻璃上，或从窗纸上找出一个破绽，看到屋里的什么。

到了要走的时候，老头从屋里出来，仍很听话似的跟在孤婆身后。若跟得过于紧了，孤婆就回头道，小心踩了我的脚后跟。大门是虚掩着的，孤婆丁零当啷地拉开后，依旧一手托着门边，一手抚着衣襟，把老头送出去。

就像来时开门的样子，孤婆关门的动作认真而吃力，把两扇大门关好了，再插上门闩，扣上铁链似的门挂。最后扒在门缝上瞄一瞄，如果目光还能挤出去，她就两手推住门，把门往紧咬一咬，咬断挤出去的目光。

扒在孤婆屋子的屋脊上向村中望去，视线穿过一片鸟巢守望的树空当，便见当村老爷庙大殿的甍，再往南就被它挡住了。

那是你们的最向往之处，但又不敢轻易光顾，只有大人们午睡了，庙院看库房的王二拎出鼾串儿来，才敢斗胆去爬。你们沿着院墙翻过山门，再沿墙爬上大殿的配房，先打人梯送上一个去，然后上下照应着，都从配房爬上大殿，骑到甍身上。

两侧屋顶的瓦垄的垄背上，锈着和果园老墙上一样的苔衣，靠近屋檐处的垄沟里，长着茅草和瓦松。阳光围着瓦松上蹿下跳，在瓦松尖落定时像冰蝴蝶一样。当冰蝴蝶变成火蝴蝶，翩翩起舞的时候，天上就呼呼地下火了。

做了粮库的大殿内装满粮食，防虫的六六粉的粉味溢出来，越过屋檐蹿上屋顶，又像是从瓦垄里渗出的，似有若无地钻进你们鼻孔，把鼻深处的喷嚏赶出来。你们使劲捂住鼻子，要么把喷嚏捂死，要么憋回去从下身带着臭气走了，害怕惊醒王二。

王二午睡的时候，不是枕着半个泥塑的脑袋，躺在大殿对面的戏台下，就是枕着两只鞋巴，躺在大殿前的古柏的背阴里。他兜售的鼾串儿，呼噜噜线断了时，像羊粪蛋蛋四处滚落。你们如果觉得好玩，眼睛便赶过去，追着那鼾颗儿捡起来。

你们曾听大人讲，王二之所以睡得那么香，是入梦后能回到从前的光景。他梦中的老爷庙，每年都要唱几台大戏，十里八村的人都来看。唱戏期间的香火格外旺盛，香气在庙院里放不下，就攀着古柏往天上走，想走到云上头，就跟着人跑到大街小巷，流窜进家家户户。大戏唱完了，香气还盘桓不去。

从前的古柏枝繁叶茂，每到唱戏的时候，要给披上大块的红布，系上飘飘扬扬的红布条。从梦里回来的王二说，从前的光景古柏都记着，在它脚下入睡后，能听到咣咣呛呛的乐器声，与咿咿呀呀的歌唱声，醒来拿指头掏掏耳朵，能掏出半手槽声屑来。

但梦外面的古柏，与梦中的古柏已相去甚远，他时常疑心它早活成了石头。高大的树身，将日月撕成一道道裂纹，向上绳一样扭曲了，把树汁一滴滴拧干，结成脸盆大的树瘤子。仅剩的几截残肢断臂，只有中间最高的一截，挑着一朵云似的绿，其余的都枯秃了。

每到黄昏时分，常有乌鸦从天幕钻出来，偶尔带着一束霞光。它赶走其他鸟儿，在古柏或大殿的高处落定后，先尾巴一翘抛团屎，接着哇哇叫个不停。

你们抱住鸱吻骑在甍身上，像抱住龙头骑在龙身上一样风光，能越过半边村庄瞭到田野，能越过大湖般的田野瞭到远山，再远了就得用心去眺望。尤其是火车过来，跟着它奔腾的烟，能瞭到你们听说的，也因之向往的想象着的地方。十几年后，你们中有的捎着一卷行李，就是顺着那立起来同天梯一样的铁道走出去的。

　　在老爷庙的大殿上，你们常常瞭着瞭着，与一起眺望的古柏瞭到一个季节的身影，隐约出现在村外大道的尽头。那身影是秋天的，有点像大人们讲过的走口外的人，也有点像远道而来的货郎。再再远处，一定跟着冬天的身影，它披着翻毛皮袄到来后，你们墙上的快活也就结束了。

两页书

——○

　　土地公袒胸露乳，仰躺在村东的苹果园里，呼噜噜抽着水烟筒，浓重的鼾息环绕着下巴，吹得皓髯飘飘。

　　这是好多年前，我夜半走过临街的后窗，开始能分辨出肉声时的一幕。那天我看到了土地公，像夜里两手抓着缸口边，把头扎进酒缸里，与酒中的另一个他头碰头地喝大了。尽管他躺着，我仍能感受到他站着的魁梧，并非之前我在院门洞的壁龛里见到的模样。当然，我今天对土地公的描述，免不了后天的"着色"。

　　那个早晨，准确地说我先看到的是一股白气，从苹果园西北角升起，酷似飘扬的白胡子。我一下就想到了土地公，并在眼中具体生动起来。我所看到的土地公，其实就是苹果园，苹果园也就是土地公。土地公的鼾声，是之后我耳中逐渐生出的，最初我并没有听到他打鼾。有了他的鼾声我才寻找可状之物，于是多年后在一次旅行中找到了云南人的水烟筒，那粗壮的烟具抽起来，酣畅在竹筒里翻滚，像极了土地公打呼噜。

我看到白气的时候，是站在苹果园南墙的一个豁口处。离立冬还有几天，苹果园已是一丝不挂的景象，用今天的话说，就像豪赌了一把，把秋天的丰硕输了个精光。看园子的小屋也锁起来了，木格窗户上的窗纸布满窟窿，像被人存心捅破似的。苹果园四周的土墙上，春天用泥巴或柴篱修补好的豁口又被扒开，从大小形状不一的豁口窜进一条条蚰蜒小道来，寻觅菜地里遗漏的菜，没有挖净的菜根，渠畔发黄或暗绿了的草，还有树上的残叶败果。

那飘扬的白气，我当然很快知道它是从哪冒出的，是从苹果园西北角的老井里。老井上安装着辘轳，但一到秋完就卸了，仅剩下一根长眼的青石桩，怕冬闲时遭人损坏。在老井西北面，原有一座夏天黄昏时麻燕盘绕的老爷庙，苹果园曾是庙里的赡地，后来老爷庙被毁，便连同老井一起归了村里。虽然叫苹果园，苹果树其实并不多，还有梨树杏树枣树什么的，园里主要是菜地，只有地埂上栽着二十几行果树。

一棵棵果树垂手而立，晨风寒鸦一样，与残叶蜷缩在枝头，等待东方发红的天空下，已镶金边的远山上日出。老井冒出的白气渐渐变妖了，越来越不像土地公的胡须，而像戏里用于悬梁的白绫起舞。我头皮紧扎起来，像有只手在抓，赶快离开豁口回村。

我是一早被母亲从被窝里赶出来的，让我去发小家借印纸钱的印版。明天就是寒衣节了，要一如往年印好纸钱，连同五色纸做的寒衣，给坟里的祖宗们送去。发小家在村北面的铁匠街，我家在村南面的旗杆街，本来走一条近便的小巷，穿过中间两条街就去了，但我怕去早了人家还在睡觉，便开小差绕到村外面的苹果园，第一次发现老井还会生气。

我很想知道它是怎么生出来的，寒衣节过后仍念念不忘，可一个人去有点胆怯，便撺掇上发小去一探究竟。我们一大早从家中出来，在我待过的苹果园的南墙豁口处会合，每人手持一块从豁口拆下的修补豁口时用过的半砖，肩并肩地朝老井走去。万一老井中扑出什么，我们就用半砖飞它。

一五〇

好多年前的一幕掀开时，我被枕边的手机叫醒了。电话是发小打来的，一接通就问我，你还记得村里的那口井吗？如果换个时间，或我做的是与老井无关的梦，他这样问我，我一定是庙里的丈二和尚。我晚上睡得比较早，睡前要关机或调至"飞行模式"，但这天晚上喝了点酒，给丢到了脑后。

我说，记得，你是说老井吧？

嗯。他说，老井没了。

我问，咋没了？

给推土机活埋了。他骂道，我操他妈的。

· 43 ·

老井被埋得了无痕迹，像压根儿就没有存在过。我回去看时，若不是发小带着，只能识别个大体位置，也就是苹果园西北角。老井周围的树木都跟着老井一起没了，井台上长眼的青石桩也不见了。发小用脚尖在地上画个圈，啪啪跺起来，说就埋在这里，老井被埋的时候水汪汪的。好像他亲眼见过，所以他说活埋了。

我想知道老井被埋得有多深，可围绕发小跺脚的地方，眼睛转了几圈也判断不出来。但从碾压到土里的人头似的石头，从挖出来扔在一旁的大树根，可感受到当时推土机的豪横，排烟筒吐着黑烟，将苹果园纸片一样撕碎。巨大的铲子将掀起的土像筑路一样整平、反复轧实，哗哗的犬牙交错的履带，只有一个词可形容，那就是"倾轧"，像战争大片中的坦克。老井被埋之处，似乎还能闻到推土机残余的气息，有油烟味、马达味、钢铁味，几味纠集在一起，盘桓在空气中。

据说苹果园要做砂场或煤场，堆起如山的砂子或煤炭，经过筛选后再出售。苹果园紧挨我们村的嘶云河，河里的砂子砂质很好。苹果园也紧邻国道，从雁门关下来的煤车，几十个车轮呼啸着，每天横行霸道。

——〇

我撺掇发小去的那个早晨，苹果园里的霜很重，我们走过菜地时留下明显的足迹。果树上长出了白毛，用手一摸满把的凉，清得指尖发木，焐热了又像针砭。老井冒出的白气也比我那天见到的要凶，但慢悠悠的，不是飘扬而是缭绕，像土地公抽了一口烟不吐，张大嘴享受着由它散去。

我和发小紧绷着目光靠近老井，心被扯得一拎一拎，快到跟前的时候，心中的顽劣被扯出来，想那白气也就是个白气，于是丢掉手中半砖。怕不小心跐到井里，我们用树枝清扫掉井台上的霜，先由我爬过去看，发小在后面捉住我的脚腕，拽着我的双脚。我把头探到井口上，发现井里一点也不热闹，与原想的沸水或蒸笼一般相差甚远。那气轻描淡写的，从幽幽的女人眼睛一样的水面生出，然后弯弯绕绕地飘上来，到井口才摇身一变，白雾腾腾的。井口结满了霜，将长着四个角的井口变圆了。

我看罢，发小又趴下去看。看了一会儿，他说：

你尽诓呢，这有啥好稀罕的？

发小的感受与我一样，但我不甘心，摇晃着他的脚说：

你好好看，往井深处看。

他又看了一会儿，笑嘻嘻地道：

看个毬呀，看见水里面马马虎虎有个我。

可我总想让他看出点什么，要不白来了。我继续鼓动他：

把狗眼睁大，水下面一定有东西。

他不吭声了，过了片刻摇摇头，摇开扑面的气说：

是呢，那气好像长着根，像胡子一样的根，一直通到井底下。

井口涌现的白气，有的在老井上方缭绕一段后化为乌有，有的落到青石桩上，还有的盘附到井旁的一棵老枣树上。老枣树朝向老井一侧的枝头，白气缠绕着霜，浓重得雾凇一样。枝头残余的枣们，像被雪拥抱着滋润着，露出少半个重新饱满了的脸，在初升的直晃晃的阳光下容光焕发。

这次去过之后，我仍断不了去苹果园，但再不敢轻易去看老井，原因是发小听他老子讲，老井曾淹死过一个外地女人。这个女人，每年都要来老爷庙烧香磕头，有一年来了庙给毁了，便抱着一颗砍下来的塑像头，坐在大殿前号啕大哭，哭完就跳井了。我曾向母亲证实是否有过这么一回事，母亲仰头想了想，那故事好像蜘蛛一样扒在屋梁上，然后从喉咙深处噘声叹息，说应该有过吧。于是我明白了，那天土地公的白胡子，为什么最后变成了白绫。

从此，老井冒出的白气便多了个形象，在我想象的毛茸茸的月夜，身着一袭曳地的缟素，披着遮颜的长发，徘徊在老井周围。

一五〇

这个"多了的形象"，在我脑海中盘桓多年，面部被长发遮盖着，我分不清她身影的前后，也看不到她缟素下的脚。每次在梦中出现，从绿光熠熠的夜深处，由一团白变幻成身影，幽幽咽咽地走来时，我不知道她是面朝前走呢，还是面朝后倒退着走呢。

直到苹果园里的苹果，又一年躲到树叶后面脸红了，我背着一卷行李离开村庄，沿着白杨树夹道的大路，步行到十里外的小站，踏上绿皮火车去城市读书后，她才像被长夜消磨的月亮，在逐渐嘹亮的晨光中隐去。或像苹果树上的一叶，变红后被风带走了，连同我做梦时的恐惧。被带走的时候，我甚至感到了一种美好。她最后一次出现在我梦中时，一身缟素袅袅娜娜，身后的夜不再冒绿光，也不再伴随幽咽之声。

曾经我很想知道她是哪里人，想知道她长发下的面容，企图从大人们口中探知一二，但每次都失败了。大人们总是很大人的样子，要么不置可否，要么浮皮潦草地一笑，被我问烦了，就拉长脸说，小孩子家，尽问这些干啥？

我曾围绕她是"外地人"，在我最远去过县城的范围内，站在屋顶上远眺，有时追着天空的鸟，想象她的村庄，想象她的模样。后来知道"南方"了，再后来也去过"南方"了，便固执地认定她来自"南方"，一副"南方"女人姣好的模样，那遮颜的长发是水做的。但她为何千里迢迢而来，来我们雁门风沙里的老爷庙烧香，我依旧不得而知。

每当我疑问受阻时，老爷庙就会浮现脑海，转移了我的思绪。我未曾见过的老爷庙，落日里麻燕盘绕着大殿，大殿屋顶上琉璃瓦灿烂，屋脊上的鸱吻背对余晖时，从侧面看去像镶着金边的剪纸。大殿内烛光沉静，香烟虚无缥缈，正面端坐着高大的塑像，一个每年都来的妇人，背对身后敞开的殿门，跪在一圈圈用玉米皮编织的圆垫上磕头。

当然，我也会想到她投井之后，一颗满面伤痕的塑像头丢弃在大殿前，被地上砖缝里钻出的蒺藜"缠食"，将塑像头掏成一个泥骷髅。一绺破败的蛛丝絮扯着，一头牵连着泥骷髅，一头穿过摇摇欲坠的大殿门，与殿内垂挂的屋尘相连。昔日盘绕的麻燕早不知去向，鼠辈们在梁间上蹿下跳。

老井冒出的白气，又恢复了我最初的想象，再往后土地公也不是了，它就是老井长出的大把胡子。就像发小曾说的，它"一直通到了井底下"，根扎在泉水咕涌的泥沙中，扎在井水沉浸的井壁的缝隙里。

一一〇

我第一次接触老井，是在一个苹果树花枝招展，菜果树下飘落着洁白花瓣的上午。天气暖洋洋的，像弥勒佛的笑容。发小的老子做了园丁，我跟着发小去苹果园玩耍。

在发小老子之前，是一个叫大红瓢的光棍看守苹果园，那头"大红"的程度，在我们雁门风沙里独一无二，就像今天微信聊天的"红脸表情"。而"大红"的原因，仅是因为他奶奶的一句话。他小时候听他奶奶讲，"贵人不顶重发"，到大也深信不疑，便将头发一根根拔光。拔光后头皮就变了，像天天下馆子吃红烧肉的颜色。大红瓢父母早死了，后来他爷爷也死了，由他奶奶抚养大。

大红瓢看苹果园很凶，尤其果蔬成熟的时候，一旦有贼人翻墙入园，他就会耸起耳朵，迅速冲出小屋。如果是夜里，他就拿一块半砖或石头，站在小屋前愤怒地抛去，半砖或石头从果树上空飞过，嗵地将黑暗砸个坑，或月光四溅的一刻，便听到贼人落荒而逃。如果是大白天，他会避开果树和蔬菜，选择最近的路线追去，头上呼呼地蹿着火。他很少脖子粗了叫骂，追至贼人顺来路逃走的墙下，把眼球像夹在弹弓上的弹丸的头探出去，目击绝尘而去的贼人。仅凭他那颗头，我们一帮毛小子就怕，有贼心没贼胆，只是站在苹果园的墙外面，看着园里成熟的果蔬眼馋。

若谁有事找他，就在苹果园的木栅门外吆喝，大红瓢，大红瓢，同时目光跟着吆喝声穿过树隙，眺望小屋的动静，即使木栅门虚掩着，也不敢推开进去。喊大红瓢他并不介意，大人们一直这样喊，有时一声比一声高，高过园中最高的树。常喊他半天还不应，就又换成他的名字叫，梁不缺，梁不缺。叫得正来气，心里勾连起许多对他的不满，他却隔着木栅门出现了，来啦，来啦，你有完没完？

那突如其来之状，好像他无处不在，隐藏在每棵果树后面，或者每棵果树就是他。而事实上，他每天除了干活，很少在园子里转悠。这令我们十分惊奇，发小曾跟随他老子去苹果园，仗着他老子的胆问大红瓢，你待在屋里头，四面墙堵着，你咋知道外面有贼了？大红瓢也不回答，把头凑到他面前，用手拍拍脑门儿。

发小后退着，不明白啥意思。他老子笑道：

那是马王爷的脑袋，长着第三只眼呢。

回家的路上，他老子又告诉他：

大红瓢的耳朵是狗日的，虮子放屁也能听到。

这年春暖花开，大红瓢去看守村里新建起的粮库，村里就让发小老子接替大红瓢看守了苹果园。和大红瓢一样，掌管园里的一切事务。看苹果园是村里最牛逼的差事之一，能轮上大红瓢是因为他家是村里最穷的贫农，能轮上发小老子是他老子给村里赶马车受过工伤。雪天赶路的时候，左脚跐到车轱辘下，碾掉了老大老二两个趾头。

我跟着发小去的时候，他老子正忽颠着左脚和抓地有些吃力的左腿，带领十来个菜农各忙其事，有的在修补苹果园围墙的豁口，有的吆喝着牲口耕没有耕过的菜地，有的在耕过的菜地里育秧，还有的把地里耕出来的残草残根捡到一起焚烧。发小老子亲自带一个本家侄，在歇了一冬的老井上汲水，浇几畦还没有浇的菜地，浇了晾上几天再耕。

老井卸掉的辘轳已装好，一根往年用过的榆木，一头插在青石桩的眼里，一头固定在乂字形支架上，从支架延伸出的一截作轴，辘轳头套在轴上面。一圈圈缠绕的井绳，哐当哐当地绷紧了，把装满水的柳箅绞上来，又呼噜噜松弛了，把倒掉水的空箅放下去。柳箅井上井下穿梭，水淋淋地忙得不亦乐乎。

本家侄光着膀子，负责摇辘轳往上打水，发小爹挽起裤腿站在一旁，负责将打上来的水倒进井畔的石槽。一老一小配合得很默契，真正的"流水作业"。如果发现辘轳声异样，辘轳头干巴巴地啃轴了，老的就叫小的停下，拿一个装蓖麻油的罐头瓶，用鸡翎蘸上里面的蓖麻油，小心地往轴孔里膏一些。给轴膏上油以后，辘轳声就又圆润了，摩擦出细腻的油味，像拿龙须草逗蛐蛐一样撩鼻。

一五〇

这天午后，发小又打来电话，说他梦见老井了。发小打来电话的时候，我正躺在凉席上翻一本网购的《天工开物》，书中配有大量彩图，我在看一幅桔槔图。

发小大声说，老井还活着，在村里闲逛呢。

我吓了一跳，抛下书坐起来问他，你是不是活见鬼了？

他笑道，应该是吧。我二大爷，你还记得吗？那样子就像我二大爷。

他二大爷我当然记得，那年他二大娘带着孩子，跟一个爆米花的跑了，他二大爷背上干粮去寻找，也不知道找到没有，再回来就成了道士。我见过他二大爷两次，穿着蓝色道袍，头上束着女人一样的发髻。只要他二大爷回来，发小就有零嘴儿吃了。他曾给我吃过松子，松子张着小口，牙一嗑就掉出仁来。当时我并不认识，拿在手里看个不停，看松子也看发小。他催促我快点吃吧，并给我做吃的示范，说他二大爷说，这就是松子，可香呢。后来他二大爷连续两三年没有回来，再往后也杳无音信，他老子便怀疑他二大爷可能死了。

可老井的形象，我咋也与他二大爷扯不到一起，驴头不对马嘴。发小在手机里坏笑道，你们写书人不是爱胡思乱想吗？你想那道袍啊，使劲地去想，驴头就对马嘴了。他给我描述，梦中的老井活成人了，也穿着道袍，正是那道袍让他觉得像他二大爷。老井在被毁的苹果园里转罢，又到村里去转，一副久别之状。沿街的院门紧闭着，应该有狗叫声，却没有狗叫声。老井一条街一条街转去，转一会儿就停下，对着某家院门出神。

还有那青石桩和辘轳头，一个立在给牲口钉掌的钉掌铺前，做了拴牲口的桩子，一个蹲在一户人家的院门旁，辘轳头的轴孔里站着一棵小树，做了守护小树的木墩。可这两样东西，他在村中并没有见过，早在老井荒废前，改用柴油机抽水的时候，它们就不知去向了。而且村里哪有钉掌铺呢？现在别说我们村，就是镇上和县城，也见不到钉掌铺了。因为干活已经不靠畜力，地里跑的都是"铁牲口"。因此他觉得，老井闲逛的村子并非我们雁门风沙里，不知它流落到了何地，游魂一样在寻找家园。

发小显然把白日梦当真了，我怀疑他中午喝酒了，二两猫尿在作怪。可又经他一说，老井与他二大爷，还真驴头对得上马嘴。我曾遇见过他二大爷两次，都是跟他玩耍结束了，从他家出来回我家的黄昏。他二大爷从他家那条街的街东口走来，迎着西街口的落日，或者说落日迎着他二大爷，前身被照得红彤彤的，头上的发髻像着了火。

第二次遇见的时候，街上除了我们两人，还有一只踱步的母鸡，走在发小二大爷前面，像给他二大爷带路。我远远瞭见他二大爷，就躲到街边一棵老槐树后面，目送他二大爷过去。落日将他二大爷的身影拉长，与道袍一起飘飘的，几乎要铺满身后的街面。

现在重新回想那道袍，在他二大爷身后飘飘如水，还真同老井的水一样，而他二大爷被余晖照耀的身躯，又真同老井一样。

发小爹曾坐在苹果园小屋前的草棚下，一边拿竹佛手挠背，一边给我们讲述，从前老井打水用的是吊杆，也就是我那天在《天工开物》中看的桔槔。一个牛高马大的架子扎在老井旁，一根红杆木架在上面做吊臂，一头吊着大木桶，一头绑着半扇石磨。打水的时候，将木桶放入井中吃满了，另一头的磨扇发力吊上来。闲下的时候，吊臂像骆驼一样头昂了，眺望着远山脚下的雁门古道，好像有驼铃召唤。

除了老早的桔槔，老井还用过一种苏式水车，上面横插着一根木杠，由牲口戴上眼罩牵引，和磨面一样围着老井转。浑身的齿轮互咬着，被绞的铁链吱吱嘎嘎，循环往复地把水绞上来。苏式水车又洋气又好使，但零件坏了很难配，据说零件要从苏联进口，国内制造不了。所以用坏后就不用了，改成老实巴交的辘轳。

春天重新装好辘轳后，开始灌溉前要洗井，几班人昼夜轮替，将井水一鼓作气打到底，然后清理往年沉积的泥污。井下的人戴着草帽，披着一块油布，穿着高靿雨靴，在整促的井底清淤。用辘轳往上吊时，从桶中溢出的泥水落到草帽和油布上，有时会劈头盖脸地把人浇成泥鳅。夜里井台上挂着马灯，井下把手电用透明油布包好，插在井壁的石缝里，朦胧的光像井中起了雾。井旁拢着一堆炭火，从井下替换上来的人，围住火取暖烤衣服，有的浑身冒着热气，像从蒸笼里爬出的。人影和说话声，还有烤土豆、烤窝头的煳味，被火光揪扯得乱晃晃的，扔到天上、树上、墙上，扔到火光之外的黑暗中。

被洗过的老井，从头到脚的清爽，一副精神焕发之状。井底的烂泥没了，是同泉水一道涌出的新沙子。井壁转周的石头，从井底一层层砌上来，直到井盘覆盖的井口。石头都是未经斧凿的毛石，也没有用任何灰浆，缝缝隙隙被水淘着，总担心井壁有天会坍塌，水轰地从井口喷射出来，但直到老井被埋都未发生过。

打上来的水平静后，笫底的几根头发，便人似的站起来。为了防止漏水，编织柳笫的时候会掺和人头发，与柳条一起编织进去，将缝隙编得严严实实。水倒进井畔的石槽里，从小腿粗的水眼涌出，顺着整修干净的渠流去。

被灌了窝的蝼蛄，慌不择路地逃窜，蚂蚁却处惊不乱，保持一贯的队形迁徙。还有蝲蛄、"蛇子"（蜥蜴），逃窜得比蝼蛄还快。蛇子跑上一段就停住，东张西望的，接着撒开腿又跑，若捉住它掐下一截尾巴，那尾巴半天不死。鸟从果树上飞下来，在渠边一蹦一跳选定地方后，先扑棱着翅膀洗个澡，然后去追捉虫子。捉个虫子又飞回树上，尾巴一翘一翘的，站在枝头炫耀一番才走。

渠帮上睡醒了的草，比别处的草要长得快。如果种着金针，那破土而出的芽，几天就苗壮起来，把春天变成遮盖渠帮的密叶，到5月开出金灿灿的花。最早的却是野薤，我们叫小蒜，在老井灌溉之前，也就是"二月二"，已在苹果园里出现。每棵三几根细叶，风吹过若隐若现。蒜头有黄豆大小，剜回去与蒜叶一起切碎，用醋腌上下饭，食欲大增。我们去剜的时候，常为一棵小蒜争抢：

一个喊，二月二。

另一个喊，剜小蒜。

一个喊，狼一半。

另一个喊，狗一半。

喊完的一刻谁下手快，一铲将小蒜剜起来，那小蒜就归谁了。若下手的速度一样，铲子碰到了一起，头也咣地碰到一起，两人便怒目而视，要把对方的鼻疙瘩啃掉，要把对方一口吃了。然后伸出右手，像玩剪刀棒一样，重新喊"二月二"，来决定胜负。

哗哗的渠，将老井的水送到菜地里，送到渴望的果树下。果树下圈起的地盘，与周围的菜地一样，已耕得虚蓬蓬的。水被沙沙吸收了，冒出气泡和白沫，像根在地下舒展了，抚摸着肚皮打嗝儿。吃饱喝足了溢出来，果树下变得水汪汪的。果树顾影自怜了，同往年一样期待满树繁花。

一五〇

寒衣节又近了，村庄已瞭到它的身影，衣襟杏黄旗一样飘扬。

小时候每逢寒衣节，母亲就催我去借印纸钱的印版，然后刮上锅底的黑，用粉连纸一沓一摞地印纸钱，印好后去上坟。漫长的天底下，走完黄土大道，走田间小路，直把人走成一根扁担，走成一条虫，被收割光庄稼的田野吃掉。

祖宗们的坟头都朝南，一层一层向上排列着，像站在阶坡上瞭我们。母亲挎着竹篮，我紧跟在她后面。走得无聊时，我就盯着母亲脚下，跟她的身影作耍，等她的身影一露头，一脚踩它个趔趄。如今，母亲早不再催我了，与先她走了的父亲，还有我的爷爷奶奶，以及其他的祖宗们，等我回去烧纸钱送寒衣。

我专门去超市跑了一趟，给祖宗们买了点吃的喝的，如果换成前几年，根本犯不着这么啰唆，在小区门口就会买好。可从几年前开始，上坟不准再烧纸了，村里通往坟地的路口，每到节下就会挂起防火标语，把守着戴红袖章的人员。自古上坟要烧纸，不让烧纸总觉得有点缺憾，对不起祖宗们，似乎只有郑重其事地跑趟超市，而非街边的小店小摊买的，才能弥补那点缺憾，心里才过得去。

母亲生前爱吃水果，但多是杏呀桃呀，也吃苹果也吃梨，再贵的就拒绝吃了。我若买回去就会挨骂，嫌活得太嘴贵了，那不是庄户人消受的。父亲生前爱喝酒，也只喝廉价的高粱白，贵的酒喝不起，也不舍得喝。他那时候，还不知道啥叫饮料，最排场的是糖水，捏一撮白糖或红糖，用筷子搅开。再就是砖茶，硬得用切刀劈，然后拿大碗沏了。

现在他们都到了地下，那个叫九泉的地方，想叫母亲骂我，甚至拿拐杖抽我，也骂不着抽不着了。我只管买了，除了他们生前消受得起的，也有他们生前自认消受不起的。多买的几样水果，有猕猴桃、番石榴、山竹、杧果，多买的几样酒水饮料，有老白汾、竹叶青、橙汁、雪碧。

与其他东西一并买好后，我从超市熙熙攘攘的二层，快下到熙熙攘攘的一层的时候，在电梯上与一个人擦肩而过。那人穿着蓝色的道袍，挎一个布袋正上二层，让我想起发小的二大爷，想起发小梦中见过的老井。我下到一层，站在一下一上运行的电梯口，目送那道袍在二层电梯口消失后，便给发小拨通了手机。

哎，我问他，你猜我碰到谁了？

隔他妈三四百里，发小哈哈一笑，我能猜出你碰到谁了？

靠！你猜呀，好好说话。

你自己猜吧。我正忙着呢，不让烧纸了，看给我老子娘买点啥好。

手机里传来集市上的嘈杂。我说，我也正买呢，买的时候碰到了老井。

啥，你说啥？大声点儿。

我碰到老井了，苹果园的老井，穿着蓝袍子。

发小显然一愣，接着又哈哈大笑，你是不是像我当初一样，也活见鬼了？他说的时候，我能听出他左右四顾，然后又仰望着太阳，将头天下天上转了一圈。周围人来人往，田野上的冷清萧瑟，变成了集市上的繁荣热闹。太阳虽比不得夏天，但依旧红光光的。他要证明我在做白日梦，一切也证明我在做白日梦。

胸中有两个"我"在较劲，一个说那明明是个人，怎能成了老井？现在"好古"，这里修古庙，那里建古城，白天红红火火，入夜古魂幽幽。至于古装，更是形形色色，这么大个超市，天南海北的货，三教九流的人，能没个穿蓝袍子的？另一个说，那就是老井，老井变成人了，在四处漂泊。漂泊到这城市，也想逛逛超市。说不定就不走了，当个流浪汉，想到哪里就到哪里，累了立交桥下歇一歇。

两个"我"较劲的结果，后者明显占了上风。

我是在做白日梦，但真的活见鬼了。

发小妥协了，好好好，你说是老井，就是老井吧。

一一〇

给祖宗们送寒衣回来，我和发小来到苹果园，被推土机铲平的苹果园要做砂场或煤场，但还不见砂或煤的影子。发小说大概事情有变，一时做不成砂场或煤场了，就这么光棍的炕头一样荒芜着。

蒿草乘虚而入，发动"颜色革命"，成为苹果园的主宰。半人高的蒿草已黄枯，头蔫了回忆旺盛的夏季，或在期待一把火。绿汪汪地风卷过，虫与虫声四溅，或熊熊燃烧着，待明年从头再来。乘虚而入的，还有鼠头鼠脑的小径，带着狐兔的身影，在蒿草中出没。我们顺着一条小径走去，蒿草的叶子一经碰触，就脆弱地落下。

老井被埋之处，一样覆盖着蒿草，似乎比别处的蒿草还要茂密。一个带根的白杨树桩丢弃在草中，已经枯朽得发糟，却冒出两枝新叶，竞相腆着小胸脯，不知有秋地"挺秀"。我想不起园里的白杨树了，但记得果园东墙外的白杨树，三五株头顶着蓝天，树叶在风中发出光芒闪耀的声响。夏天的早晨，阳光会将树影一个劲地拉长，越过苹果园，长衫一样搭到老井的辘轳上。

早起的老井哐当哐当，把时光放缓了，四平八稳的。那也是季节的节奏，老井步态从容地跟着，从辘轳重新装好的那天起，一直跟过春天，跟至夏天。苹果园的绿从无到有，由浅入深地生长着，满园发旺起来，到盛夏长成湖，由四面的围墙泊着。老井便成了泉眼，不断地往出涌绿，泊不住溢出去的绿，与墙外面的绿连在一起。中午被流火追逐的鸟，划过天空投进去，溅不起半滴声响。

发小爹一如既往，要么与人一起忙碌，等打上水来负责倒水，要么只管看着，站在辘轳旁边监工似的。打上来的水，挟带着井中凉气，倒进井畔的石槽，每倒进去一柳筲水，渠里就掀起一波踊跃。新生的水头小兽似的，一边想从渠里扑出去，一边推动着前一波已平缓了的水。每浇灌上一阵子，发小爹的眼睛就溜一圈，跟着爬上井来的柳筲，跟着从石槽流出去的水，直到渠拐了弯或流向菜地深处。菜地里要扎架的蔬菜，都拿春天砍下的杨树枝扎架了，一架一架花叶婆娑。然后收回目光来，团揉成一团笑，卧在鼻梁上好久。

眼睛忙碌的时候，发小爹的耳朵也不闲着，如果听到有什么不对劲，就拎起立在青石桩上的锹，忽颠着左腿去看。结果不出他耳朵所料，不是渠中途决口跑水，就是要浇的菜地浇过了头，水越过田埂窜到了另一块地里。发小爹一面堵水，一面叫停辘轳。从菜地返回来，拖泥带水的双脚就走就踩，踩下一连串泥泥水水的脚印，有时挽起的裤腿后面，嗡嗡嘤嘤地跟着一两只蜜蜂，盯着他小腿肚上沾惹的蔬菜的花瓣。

村里让发小爹看苹果园，都说是因为他爹受过工伤，而我怀疑是因为他爹的耳朵好使。我和发小曾瞅着他爹外表并无特别的耳朵，目光在两头来回搜寻，看究竟有啥东西牵连着，比如一根蛛丝什么的，使他爹的耳朵变得那么贼。发小爹曾说大红瓢的耳朵是狗日的，我想他的耳朵也是狗日的，而且是狼狗日的，先日出右耳朵，又日出左耳朵。

我对发小说，你爹的耳朵是狗日的。

发小顿时眼立了，你敢骂我爹？

我笑道，你别不识好意，你爹不是也跟你说过，大红瓢的耳朵是狗日的？

发小回答不上，眼软了说，我爹的耳朵和大红瓢的耳朵确实有一比。

一五〇

发小在杨树桩上坐下，像坐在一堆朽骨上。他从树桩上揭下一块皮，揭掉的地方是蚂蚁窝一样的虫眼，从虫眼里带出的丝，粘连着木屑和虫屎。揭下的皮又黑又脆，轻轻一折就断，再一揉便成碎屑。

我怎么也想象不出，发小屁股下的白杨树活着的时候，身着的银灰色西装一样的树皮，会腐败成这个样子。那些被树皮带走的杨树眼，有的比人眼还美丽，你若出现在它面前，它便注视着你，你会看到那眼里有梦，你成了它梦中的人。仰望头顶蓝天的白杨树，你会相信它是白马王子转世。

发小丢掉揉碎的树皮，突然问我，你知道我现在想啥呢？

我撅半根蒿草，就咬就说，我怎能知道你想啥？

他两眼起了雾，做梦似的道，我想在这草中像驴一样打滚。

说着他真打了起来，开始还有些笨拙，四肢朝天，像老驴弹蹄，但打过几个就自如了，一副小时候的淘气之状。他两手抱着头，将两腿伸展、并住，像碌子一样翻滚。眼睛怕草伤着闭上了，嘴却无所畏惧，嘻嘻哈哈地笑着。被压的蒿草纷纷趴下，不趴下的就被折断，围绕老井被埋之处，碾出一圈草道来。

我看着也有些心动，但两腿屈了屈，屈出一种僵硬来，终究没有趴下。我们小时候常在嘶云河的河滩上打滚，特别是在河里耍罢水，光不溜秋的连衣服都不穿。打乏了就仰面朝天地躺着，便有花蝴蝶翩翩而至，落到我们的小祖宗上，当成刚出鞘的蒲棒。花蝴蝶很是享受，即使我们的小祖宗被弄痒了，一挺一挺地失态，甚至我们发出古怪的笑声，它也不会一下飞走。

当然，我们也在苹果园打过滚，准确地说是杏树下，就像发小现在的样子。在杏树下打滚，都是杏熟了的时候，满树的杏灿若星辰，而且就那么十来天，再往后就被摘下来，一筐一筐地装上马车带走了。我们中午借口到杏树下乘凉，用打滚玩耍做掩护，期待有杏落下来，或者瞄见树上哪颗杏要落了，便滚到正对着杏的下方，闭上眼守株待"兔"。若守了半天还不落，就爬起来猛踹一脚树，再跑回原处躺下。杏落到谁身上归谁，最好是落到张开的口中，那将是天大的幸运，天大的快乐。落下的杏水灵灵的，一入口甘汁四溅。也有吃上蛆杏的时候，赶紧伸长脖子呕吐，怕蛆在肚里长成蛔虫。

苹果园的果硕，杏呀桃呀枣呀，还有梨和苹果，收获后是不给各家分的，全拉到县果品公司卖了，收入归集体所有。只有采摘的时候，采摘的人可以随便吃，但是不能往家里带。平时园里劳作的人，与外面进来的人，只可食树上掉下来的，否则就被视为偷，至少是不守园里规矩，会受到看园人的训斥，甚至被赶出苹果园。除非看园人睁只眼闭只眼，假装没有看见。

发小围绕老井被埋之处打了几圈滚，突然面朝下趴着不动了，像我小时候瞌睡了，把头埋在母亲怀里的样子。蒿草中夹杂的刺头草，有几粒苍耳沾在他屁股上，有几枚鬼葛针扒在他裤腿上。

他把脸埋了一会儿，歪起来问我，你猜我听到啥了？

我笑道，听到你爹在骂你，你这个灰小子，上坟点个卯就走了。

发小猛地翻身爬起来，嘴张得要吃天似的，近乎喊叫地说，我听到哗哗的水声了，在老井里面流淌。

——〇

我相信发小说的不假，既然梦中老井还活着，那流水声也该活着，但老井被埋得那么深，他是怎么听到的。看着发小抱头翻滚时压红了的耳朵，我想他的耳朵难道也是狗日的，像他爹和大红瓢的耳朵一样贼？

老井里哗哗的水声，我和发小曾扒在井口听过，井底下的底下像有一条暗河，那水声顺着井筒传上来，有时会变成隆隆的回响。每当夏天，能听到水声的月夜，发小爹就要洗澡，说这时候老井里的水，连着昆仑山王母娘娘的浴池，是跑了十万八千里路赶来的，会消灾祛病。

他用缠着破布的木塞，将井畔石槽的水眼堵住，然后打上多半槽水，先将右脚放进去搅几下，再将左脚放进去搅几下，把水清气搅掉，把生水搅成熟水。再然后宽衣解带，搭到一旁的辘轳上，在石槽里屈尊蹲下，两手托住石槽边，脚朝着水眼，啊啊地放平身体，等泡上一会儿再洗。他头枕着石槽边，像拢大背头一样，双手交替着拢一拢头发，慢慢把眼闭上。

斑驳的月光下，发小爹的身体被泡得堕落走样，和电影里的财主一样的好膘水，一堆肉白晃晃的。一些水被挤出石槽，剩下的拍打着他的肚皮，要拍打出油花似的，把他嘴里轻微的嘘寒声，拍打成毛一样弯曲的呻吟。一蓬水草旺长起来，便有物钻出水面，像被灌了窝的老鼠的脑袋。

我曾隔着月光指着，悄悄问发小，你看那是啥东西了？

发小目光零乱，瞄一瞄道，啥也没有哇。

谝吧。我讥笑他，恁大个东西，它都看见你了，你看不见它？

我也看见它了，发小揉一揉眼说，大概是个捣蒜槌吧。

在石槽里洗完澡，发小爹肚脐眼凸了，挺着一丝不挂的上身，回到看园子的小屋前。小屋前搭着草棚，棚下用凳子架着两扇门板，上面铺着一张磨明了的苇席。发小爹用汗衫刮打一下，仰面八叉地躺上去，残缺不全的左脚，丢掉的两个趾头像喂狗了，能听到嘎巴嘎巴的骨碎声。他枕着一块从老爷庙废墟上捡来的，据说会吸汗生凉的老砖，边休息边看园子。除非天气恶劣，发小爹是不回小屋里睡的，与大红瓢截然不同，大红瓢一般时候都待在小屋里。

在草棚的脚下，用破脸盆煴着一盆麦糠火，火焰被煴掉了，只是红红地冒烟。草棚四面无遮无拦，烟可以随便进出，把叫嚣的蚊子赶走，把夜里泛起的潮气赶走。如果蚊子纠缠不休，发小爹就拿耳朵捕捉，即使人睡了，耳朵也保持警惕。蚊子被锁定后，手就梦游般地做出反应，拿起身边挠背的竹佛手抽去，而且准确得令人惊叹，只要啪地抽过去，蚊子就在劫难逃。

一夜过去，我们用不着亲眼看到，就可以轻松想见，他爹身上斑斑点点，竹佛手上也沾着血迹，还有蚊子残破的尸体。

一五〇

在我们雁门风沙里，过去每条街都有一口井，供一街人使用，挑水最热闹的时刻，是夏天的早晨。先是那么几声，吱扭吱扭的，把街拧住耳朵叫醒了。随后多起来，都朝井的方向而去，伴随着问候声，在赶早的阳光中，人影纷纷乱乱。挑上水返回的时候，扁担的颤呼声取代了桶的欢叫，沿街泼洒下一条水路。

与苹果园的老井一样，街上的井也是石砌的。与老井不同的是，井口都不长角，像月亮掉到了井里，在井口探了头看，就像趴在月亮里面，从井底下仰望。每口井都一大把年纪了，从井口勒出的一道道绳痕就能感受到，若像人一样论资排辈的话，至少是爷爷的爷爷辈了。老井用辘轳打水，街上的井是人拔，把桶放下去吃满了，然后两臂交替着，拽着系在桶梁上的绳拔上来。

但不知为何，只有苹果园的井叫老井，每条街的井都不叫老井，本街的人称"井上"，外街的人称某某街的井。老井挂上嘴的时候，就是说苹果园的井。但和老井的命运一样，几条街的井也都被埋了。村里早安上自来水，水都来自村外的一眼机井，据说有几百米深，把被埋的井一眼一眼摞起来，也不及那机井深。

那些被埋的井，除了老井已很少记起，老井却时常出现在梦中，在我和发小的过去和现在游走。就像发小梦到的，身着蓝色长袍。它老早灌溉的是赡地，往后灌溉的是苹果园，远逝的香火与果香还未了断，所以它至今魂牵梦绕。但仅止于此，它已无重见天日的可能，即便有一天真被挖出来，村庄也不需要它了。所以它的游走，准确地说是漂泊，不知哪里是归宿。

像它成了我们的梦一样，曾经的一切也成了它的梦。发小那天趴在地上，听完地下梦幻似的水声，从暂且还叫"苹果园"的园里相跟着回家。我想，不管梦中的老井如何漂泊，被埋的那个老井，还是愿它"入土为安"吧。

马灯，马灯

那个夏日，天狗吃了太阳。

石磙和发小马灯醒来，太阳仅剩下个滚圈似的光环，中间黑洞洞的，大概那就是狗嘴，正吞咽得天昏地暗。满村呼喊声敲击声，还有家狗的咬天声，最响亮的是铜锣，咣咣地追赶着天狗，让它把太阳吐出来。

两个人是逃课跑出来的，跑到村东的嘶云河大桥上，骑在水泥栏杆上玩耍，一直玩到栏杆蚂蟥一样吸饱阳光，烫屁股了才作罢。但离中午放学还早，他们便躲到大桥南面路侧的杨树下，揪一片浓荫盖在身上，枕着路边维修公路备用的沙堆睡觉。就在他们入睡的时候，天狗扑出来吃了太阳。

太阳被吐出来后，村庄也星火四散地平静，天地万物像做了个噩梦。河上的大桥白光光的，路边的杨树却有些发呆，等找回自己的影子才缓过神来。四下里不闻一声鸟语，风也跟着鸟跑了，只有游手好闲的广漠，穿着府绸衫子，在田野上无所事事地晃荡。

马灯吓尿了，哭蹲在鼻梁上，撇下石磙要回家。他不怕不到放学时间，早回去露了馅挨他娘的揍。说挨揍也能见到他娘，可要是不回去，万一天真塌下来，就再见不着他娘了。马灯扎下公路，探起手抓住沟上面一根电杆，翻过公路下面一人深的沟，钻进绿汪汪的玉米地里，抄近路回家去了。

望着马灯的头一晃一晃飘远了，石磙折一枝杨树叶，又枕着路边的沙堆躺下，把脸埋在树叶里。透过拥挤的叶隙，他眺望着直趔趔的已晒出柏油味的公路尽头。中午的火车，到时会从西到东驶过，在灰蓝山脉的背景下，瞭不到火车被田野与村庄遮挡的身影，只见一股浓白的烟奔腾。火车吼叫的时候，放学的铃声也会从村中传来。

也就在此时，石磙听到了一种嗡嗡声，恍恍惚惚的，像来自四面八方，幻觉似的捉摸不定。慢慢才清晰起来，耳朵有了方向感……

天狗被赶跑的那日，听到嗡嗡的响声后，石磙就再没有睡着，眼睛跟着耳朵寻找，一直找到那嗡嗡声来自何处。下午到了学校，他便告诉马灯，问马灯以前听到过没有。马灯摇头道，你以前还没听到过，我能听到过吗？于是两人约定，他今天带马灯来听。

今天是一个礼拜天，一早石磙和马灯就跑出来。每逢礼拜天，他们就可以放心大胆地玩耍，想到哪玩就到哪玩，不必为逃学跟老师装病撒谎，不必担心逃学回到家被识破后遭受皮肉之苦。尤其是马灯，两片屁股被笤帚抽着，抽得他一蹦一跳，娘呀娘呀，我再不逃学了。他娘却不相信他，抽得更狠了，牙咬了骂他，狗还能改了吃屎？

他们先来到嘶云河大桥北边紧挨河堤的电杆下，仰望着电线听了一会儿，然后又抱住电杆听了一会儿。因河床跨度大，河两边的电杆都是双的，就像个"开"字，他们一人抱一根电杆听着。仰望电线的时候他们没有听到，把耳朵贴在电杆上听到了。起初杳杳渺渺，漆黑中生出一个光点，像来自夜深处的箭头。先看到的是箭头尖儿，光芒凝聚在箭头尖儿上，穿越黑暗愈来愈近了，光芒才开始释放，直到眼前变成星。变成星的一刻，不再是一颗，成群结队的，像阳光下的蜂群。

石磙问马灯，我没骗你吧？

马灯说，谁说你骗来？

两个人从电杆一侧探出多半张脸来，相互嘻嘻一笑。确信无疑后，他们又换一根电杆去听，看是否还能听到，听到的声音一样不一样。除了河两边的电杆是双的，其余电杆都是单的，石磙抱着前一根听，马灯抱着后一根听，相距几十米远。

听到没有？一个把叫喊扔过来。

听到啦。一个把回应抛过去。

听过几根以后，像月光下捕捉蛐蛐，他们已清晰地捕捉到了那嘤嘤声，不必抱着电杆去听也能听到，可他们还是愿意抱着电杆去听，仿佛在做一场美妙的游戏。

早晨的阳光，将杨树影子长衫一样脱下，把公路东侧的树影，越过路面搭到公路西侧，把公路西侧的树影，越过路下面的沟搭到庄稼地里。偶有汽车驶过，躺在路上的树影被碾飞，呼啦啦翻卷着，树叶一样抛得七零八落。

　　沿着公路下面电杆的路线，石磙和马灯一根接一根地听着。电杆都栽在公路西侧路下面与路相隔的沟上头，只要公路不蛇似的走，沿途的电杆就排在一条直线上，与路保持平行。站在一根电杆后面朝前望去，就会"一杆障目"。

　　嗡嗡声从电线传到电杆上，又从电杆传进他们耳朵里。电杆影影绰绰地震颤着，震得耳根痒酥酥的，传达到耳尖上，多少带点发麻。电杆都是松木的，都用沥青煮过，听到嗡嗡声的同时，会闻到一丝松木味、一丝沥青味，或者纠缠在一起，线头一样扭结了，说不清什么味。太阳毒起来，有的电杆变得油津津的，耳朵贴上去会留下几根寒毛。

　　两个人乐此不疲地听着，不知不觉离开大桥远了，走出他们村庄的地界，到了一个邻村的村口。如果不是一只一团漆黑、口似血盆的恶犬蹲在路边挡道，他们会继续听下去。再经过一个村庄就进山了，顺着公路盘爬到群山最高处，就是雁衔芦管才能飞越的雁门关。

　　在恶犬的目送下，石磙和马灯返回大桥上。马灯用指头掏着耳道里残余的让耳朵发痒的嗡嗡声，突然问石磙，咱们一路上抱着电杆听的样子，你说像啥了？

　　石磙想了想坏笑道，你说呢？马灯悄悄说，像我娘怀上我妹妹时，我爹把耳朵贴到我娘肚皮上，听我妹妹在我娘肚子里动。石磙想象的却是男人抱住女人吃舌头，当他把自己的想象说出后，两张脸灿烂了，脖子把头弹得一跳一跳。

在一噎一噎的笑声中，他们面对面地骑到大桥栏杆上，一条腿搭在桥外面，一条腿拿脚钩在桥里面。栏杆还没到烫屁股的时候，他们捉住栏杆上的一只蜥蜴，掐下一段蜥蜴灰色的尾巴，边玩那不甘心死去的挣扎的尾巴，边争论电杆上那电线的两头究竟绵延无尽地通到了什么地方。那电线传出的嗡嗡声，是否就是打电话的人在说话。

当然，他们从大人口中早就知道那是电话线，也从巡线工口中得到了证实。在公路上玩耍，他们隔段时间就会碰到巡查线路的巡线工，肩膀上搭着两只牙的，比牛角还要弯曲的脚扣，像他们今天的样子在公路下面走着，戴着一种叫安全帽的帽，穿着劳动布工作服，屁股上别着一个类似手枪套的皮套。和村里的电工一样，皮套里装着改锥、钳子、扳手什么的，吊儿郎当地响着。

装束牛逼的巡线工，并不像他们每根电杆都想停下来听听，而是有选择的。他们边走边听，耳朵发现有什么异常了，再交给眼睛看，只有耳眼取得一致，才会爬杆检查。双手抱住电杆，蹬着脚扣攀上去，用腰里的安全带与电杆摽住，检查线路时的姿势，颇像他们教室里贴的油画《我是海燕》中的女兵。

两人争论的结果是：那电线的两头究竟通到了哪里，他们一时无法搞清楚，恐怕大人们也未必知晓，还得等到再碰上巡线工的时候问巡线工。但那嗡嗡声，肯定是打电话的人在说话，用电话一接听就知道说什么了。他们见过巡线工接听，也曾在画和电影里看到过。《我是海燕》中的女兵就是冒着大雨，英姿飒爽地在电杆上接听。八路军破坏鬼子电线的时候，总要先拿电话偷听一番。

他们尽情地想象着，因为说话的人太多，"话"在电线里面排着队，必须按先来后到的顺序进行，否则用电话接听时就乱套了。但"话"吵闹是管不住的，那么多的"话"都想叫快一点接听，所以电线就发出嗡嗡声。这也是与村里电线的不同之处，村里沿街架设的电线通的是电，而电是不会说话吵闹的，只管点灯呀磨面呀抽水呀，所以就没有嗡嗡声。只有刮风的时候，特别是冬天，才会把风撕得条条缕缕地叫。

从那个礼拜天起，石磙和马灯到公路上玩耍，不管玩什么，有意无意，或长或短，总少不了那嗡嗡声带来的话题。嗡嗡声钻进他们耳朵，就像蜜蜂从葵花地归来，钻进繁忙的蜂箱。两个人骑在大桥栏杆上，便顺着嗡嗡声的来路，把目光转向河上空的电线。

一根根被"话"压得中间有些下坠的电线，颇像他们多年后熟识的，啪啪啪甩筋道了，架在两手间的兰州拉面。为防止混线，将电线彼此隔开的导线间隔棒，黑蝴蝶一样落在电线上。电杆无论单双，都用加固电杆的拉线斜拉着。单杆的颇似"末"字，那"八"便是电杆的拉线，那上长下短的"二"，便是承设电线的支架。一只只瓷电瓶蹲在支架上，像两排栖息的白色鸟，羽毛亮闪闪的。

电线上跳跃的光朵，比黄皮子还狐媚，有时会把他们的魂勾走，人骑在大桥栏杆上，魂却跑到了电线里面。正如他们想象的，一个个"话"在电线里排着队，像站立的蚂蚁，后面的望着前面的，最前面的瞅着电话出口，急切地等待被人接听。由于走神，有次马灯差点从大桥上栽下去，看着翻了几个跟斗，带着从鞋壳里翻出的一线尘土，啪地掉到桥下面的一只鞋巴，哭又蹲到他鼻梁上，说真要是栽下去，就见不着他娘了。

还有一次是，两人忘记中午回家的时间，为大桥身影的变幻着迷，大桥的身影从桥西面钻到了桥下，他们的魂也从电线里面跑出来，跑到了桥下。如果等到下午，桥身影又会钻出桥洞，钻到大桥东面来。当太阳正对大桥西侧时，五孔宽阔的桥洞，便随着太阳西沉，在桥东面越抻越长。每孔都表演着变形记，由月牙形变成∩形，又由∩形变成∧形，最后变成两条腿奇长的巨人裤。

直到家人在街口吆喝吃饭，他们才发觉太阳已过头顶，放学的铃声早跟着东去的火车跑了。阳光像挥舞的马镰刀，将满河乱石剃成白花花的光头。沙滩上的三春柳风一摇，就像风滚草在打转。那天回到家中，都经不住拷问，稀里哗啦地露馅了，吃了半肚子饭，挨了一顿饱揍。

可两个人皮厚肉糙，过段日子就又逃学了。这天逃学出来，找个树上的鸟巢藏好书包，他们便按事先商量好的，从大桥开始，顺着公路往南走。但不像上次往北走，到公路下面抱着一根根电杆去听，而是在路上边走边听。往南的路比往北的路，他们熟悉多了，走十多里就到了镇上。但他们这次不是去逛镇子，而是看沿路的电线会在哪里分岔。

他们沿着公路边，走过公路穿越的一截截被荒草埋成坟，黑老鸹在盘旋的古城垣，走过离公路不远的墙上架着铁丝网，有狗叫声翻墙出来的县粮库，走到了两条公路交会的三岔口。每个路口明晃晃的，阳光泼在柏油路上，朝西南面的路口，已望见镇上稠密的房舍。

这时，石碏说，不能再走了。

马灯问，为啥？

石碏指指太阳，说咱们没有把时间掐好，返回去就不早了。在返回村的路上，两个人商量下次来，一定还要选择个礼拜天。

与恶犬挡道的那个礼拜天没什么不同，只是地里的庄稼老绿了，抛块石头会击起三尺高的嘭啷声，把沉底的日子翻上来。石碏和发小马灯一面走一面看，经过明晃晃的三岔口，拐向西南面的路口，他们顺着线路正看得眼困了，发现电线分岔了。

马灯手指着叫道，快看，快看。

石碏也看到了，是呢，是呢。

从一根电杆上接下两股电线，跨过公路架到对面的电杆上，然后一根一根承接着远去。电线分岔之处，公路也分岔了，像木匠的丁字尺，一条沙土路通向南面的镇上。那坑坑洼洼的，车经过时像醉鬼一样的沙土路，石碏和马灯自然熟悉，而沿路的电杆却很陌生，他们以前来镇上怎么就没注意到呢？

两个人便循着那线路，怕被人看出来似的，小心地走进镇里。他们跟在一头哼哼唧唧、发红的屁股左摇右摆、来往行人慌忙避开的母猪后面，天上地下看着。最终电线通向之处，不出他们忽然间生出的预料，那就是邮电所。

他们之前也来邮电所给家里寄过信，绿色的窗户，绿色的大把手门，门前守候着一个绿色的投信箱。屋内是一道绿色的水泥柜台，和中药铺的柜台一样高。光亮的柜台上，放着大半罐头瓶糨糊，瓶口插着一根涂抹糨糊的筷子，酸馊味顺着那筷子蠕蠕不断地爬出来。他们装模作样地混在几个顾客中间看着，比以前来多了许多仔细。

三间屋子分里外间，外面的两间办理邮寄业务，给信叭叭盖邮戳的声音很响，里面的一间是机房，打电话拍电报的。里外相间的墙上，紧挨外面的柜台开着个窗户，话务员耳根白净白净地在里边挨窗坐着，一部黑色的电话机蹲在窗前的柜台上。要拍电报的，把写好的纸从窗户下面的小口递进去，要打电话的等话务员戴上耳机，在一个满是插孔的电话交换机上，拔拔插插地把线接通了，便从窗户示意你，拿起话筒说话吧。

从邮电所出来，石磙和马灯又围着门口的铁皮投信箱，像围着个绿衣小男孩转了半晌，留下几片被已晒灼的投信箱烫卷了的目光才离开。走出镇子的一刻，街口的公社饭店里，飘出五彩线似的饭香，他们的鼻子不亚于狗的，将其中最馋的香味挑出来。

一个说，我想吃大白馍。

一个说，我要吃肉。

那个礼拜天之后，石磙和马灯又去了一趟镇上，跟着那线路到了邮电所，证实上次他们没有看错。电线里面排队的"话"，要来镇上的便通过邮电所的电话来到镇上，谁接听的跟谁走了，像中午从镇上小站下了火车的人一样。

后来遇上巡线工，两人又将心存已久的疑问告诉巡线工，知道了途经他们村的公路叫208国道，在三岔口与其交汇的公路叫108国道，两条国道通向不同的地方。沿途的电线跟着国道走，国道有多长，电线就有多长。但每条国道起止何处，好像是个大问题，巡线工也挠头说不清，他们只负责本县境内一段线路的巡查。

当然，石磙和马灯再再后来搞清楚了，两条公路从哪里来，要到哪里去，尤其是经过他们村的公路。他们搞清楚的时候，沿途架设的电线已被拆除。可当时不行啊，两人对巡线工的回答颇有些失望，曾站在三岔口朝三个方向遥望，生出的想象像只丧家狗，跟着绵延的公路，跟着路边的电线，直至他们想象不到的远方。

马灯为之入迷，不料有一天走失了。那天石磙没有逃学，但是也没去上学，他左脚上生出个鸡眼，医生给割了在家待着。半下午的时候，他爹从地里跑回来问他，知不知道马灯去哪了？他说他待在家，咋会知道呢？他爹说坏事了，那小子丢啦。

石磙扑哧一笑，他还能丢了？

他爹说，咋丢不了？

谁要他呢？

狼呀。

石磙扑哧又笑了，鼻孔里喷着鼻涕泡，说狼也不会吃他的。

他爹眼瞪了，你少跟我耍嘴皮子，你要是再逃学，也像马灯丢了，就是狼不吃你，我也会把你喂了狼。

那几日狼"拐"，传说有狼在庄稼地里出没，住在村边的人家的院墙上，都用白灰画了一个个唬狼的圈。狼要翻越墙头时，看到墙上布满圈套。但石磙相信马灯不会丢，更不会被狼叼走，真那样就见不着他娘了。他并不为马灯着急，反倒觉得这家伙好玩，这次逃学逃大了，两片屁股又有好果子吃了。

可是石磙挂记着马灯，第二天就跟家里叫嚷脚好了，拎起书包去上学，在街头一遇见马灯就问，昨天你娘又揍你了吧？马灯鼻翘了回答，我娘才没揍我呢，是我爹揍的。两个人顿时肉颤，笑得嘎儿嘎儿的，像街上冒出两株向日葵，花瓣抖落了一地。

马灯把屁股掉给石磙看，说他爹把他按在炕沿上，他原以为活不成了，结果他爹脱下鞋只抽了两下，就丢掉鞋哭了。蹲在那里，嘴歪眼斜地说，你不知道你娘被劁（绝育）了？你要是丢了，我就断子绝孙啦。

马灯收起笑说，没想到我爹还会哭，你爹会不会？

石磙摇头道，他眼睛跟牛卵一样，哭也没泪。

两个人勾肩搭背，马灯边走边告诉石磙，他脑袋瓜大概有病了，昨天走着走着就溏了，把去的路当成了回的路。早在前天晚上，他脑子就开始钻牛角，很想知道过了三岔口，那路继续往西走，还会经过些啥地方，电线又会在哪里分岔。等到天明，他本想叫上他，可知道他割鸡眼了，就一个人逃学去了。

在脑溏之前，他其实并没有走多远，走过三岔口，走过几个村庄，就发现太阳快当顶了，他该往回返了。但原地打了几个转，太阳也跟着打了几个转，把天空旋转成一个洞，他像钻进了那洞里，一下就稀里糊涂了。他也曾听到火车的叫声，想自己回家的方向，与火车过去的方向一致才对。也曾感到公路两旁的树呀田呀，尤其是村庄越来越不对劲，但到后那种陌生的不对劲消失了，只觉得自己村就在前边，可就是走不到。

马灯说他爹找到他的时候，太阳正给远山吞掉半疙瘩，照得他红彤彤的，好像他落水后把头挣扎出水面，朝太阳睐最后一眼。这时，有人在身后呼喊起来，马灯——！马灯——！就像扔石块，扔到他脚后跟下，扔在他左右两侧，扔过他头顶落在前面的路上。

他听出是他爹来。撵近了，搭上他娘骂他：

日你娘的，就是你个灰小子呀！

他爹是一个来村里走亲戚的人，听了他们寻找他的描述，说路上遇见个孩子大概像他，便叫了两个本家叔赶来的。三个人骑着两辆自行车，一个本家叔带着他爹。远远瞭见背着书包，好像是他的时候，他爹就开始吆喝，撵上来跳下自行车，一把抱住他。你个灰小子，一天不回家，你要到哪去呀？

两个本家叔带着他们回家时，刚走出十几步远，他爹就跳下车子，叫带他的本家叔也停下，把他从后座上抱下来，对两个本家叔说，你们先回吧，回去跟他娘说，灰小子找见了。两个本家叔莫名其妙，眼看就天黑了，不坐自行车回家，不知他老子要干啥。可他老子不由分说，你们回吧，快回吧，回去告给他娘，找见这个灰小子了。

他爹不会骑自行车，他家也没有自行车。赶走两个本家叔后，他爹从他脖子上摘下书包，挂到自己脖子里，然后在他面前蹲下，来，爹背上你回吧。两手朝后抱住他的腿，把他背起来说，他俩骑车风风火火的，我觉得不毬行，万一路上栽沟里去，我就真把你丢了。

马灯告诉石磙，他搂着他爹的脖子，这时才觉得又累又饿，头一晃一晃地沉。对他爹说，我要吃饭。他爹又开始骂他，你个狼不吃的灰小子，要吃饭也得回了家，这夜都淹过头顶了，我到哪给你找饭去？可他不管他爹骂，只说肚里饿，我要吃饭。

骂了一会儿，他爹突然停下来，放下他说别乱动。摸黑下了公路，哗哗地钻进一片玉米地，像游泳一样游远了。过了一会儿，玉米地又响起来，他爹钻出来爬上公路，把几个萝卜丢到地上，说他刚才闻见萝卜味了，钻到玉米地那头，果不其然是一片胡萝卜地。他爹拿一个用衣襟擦干净了，嚓地咬了一口说，这么好的萝卜我吃呀。然后递给他骂道，饿死你个灰小子，回去你娘也不给你吃饭。

他吃了两个胡萝卜，他爹好像也吃了一个，把剩下的拧掉萝卜缨子，塞到他书包里。他吃得有点生湿肚胀，放了两三个屁，就趴在他爹背上睡着了，回到家他爹的背湿透了，把他衣服的前胸都洇湿了。他娘早做好了饭，抱着他妹妹守候在灯下。他爹没有吃饭，就着水瓮驴似的喝了一瓢水，然后看着他把饭吃完，脸上开始乌云翻滚。

让他掉转身，把他按在炕沿上，用鞋底抽起来：

日你娘的，你这个灰小子！

那天老师的表现，也像他爹一样出乎意料，让他捉摸不定。他和石磙到了学校，老师从窗玻璃上瞭见他们，就推开办公室门，朝他温柔地勾勾手，像小时候他娘叫他回家吃奶。他把书包交给石磙，交给的时候说，来之前他爹说了，他爹打了他，老师就不会打他了。

说着牙龇了笑，但笑得明显勉强。石磙便明白，这半天跟他谈笑自如，不担心到了学校老师收拾他，原来是有他爹这句话支撑着。可他到底是怕的，石磙看到他笑后面站着哭，相信一进办公室，哭就会蹲到他鼻梁上。

老师的揍不亚于马灯他娘，只是用的家什与揍法不一样。平时老师揍他们，用的是一条光溜溜的长竹片，带斑点的竹皮和蛇皮一样，抽起来像揪面片儿，啪啪地汤水四溅。惩罚他们的时候先抽手，如果掌心被抽红了也不告饶，就扳转身抽他们屁股，如果抽屁股还不起作用，就抽他们脚腕子。那里不经打，他们立马跳起来，一边用手护着，有时就打在了手上，最后支持不住，嘴哇地决堤了。

老师，老师，我再不起哄了！

老师，老师，我再不逃学了！

看着他们满地弹拐拐，老师始终笑眯眯的，暖意汇聚到眼角，顺着鱼尾纹细细地流，像只卧在炕头的老猫一样慈祥。老师手中的竹片，和老师一样好脾气，和老师一样亲切。如果它揍了你，那也是老师揍你，不是它要揍你，你硬要责怪它，它会一脸无辜。说它是一条竹片，更像一柄竹如意。

石磴和同学们聚在教室门口偷听着，都想听到马灯被揍的哭声，可听了一会儿并没有听到。马灯从办公室出来，用袖头抹着鬓角的黑汗，石磴与同学们一哄而散。马灯进了教室，大家见他没事人一般，又轰地一下围上来。马灯对他们说，老师没有打我，只轻轻地敲了九下。九下，他笑嘻嘻地解释：

先敲了我三下右手，说教不严，师之过。

又敲了我三下左手，问我，毛主席教导你啥来？

我说好好学习，天天向上。

那为何明知故犯？说着又敲了我三下屁股。

老师最后说，你这次逃学不全是贪玩，情有可原之处，所以竹揪片儿就不给你多吃了，但是下不为例。那路呀电线呀，藏着大学问呢，比如大桥怎么修，比如电线怎么架，这些你知道吗？你想知道的那点点，连皮毛也算不上。你要想知道，而且知道得更多，就再不能逃学了，要好好念书，将来书会告诉你。

这次逃学，成了马灯长时间的荣耀，一有机会就跟石磴吹牛，牛皮吹破的时候就眼吊了看天，仿佛眼珠被吹到了天上，正流星一样落下去。然后捡回眼珠来，看着石磴干笑，我说的是真的呀。

石磴说，谁说你假的来？

那你嘴歪啥？

屁话！

马灯的屁话，石磙倒是大多相信，尤其是他讲的三件事。一件是过了三岔口，就像他们去镇上见的，两条公路合并成一条了。沿路继续往西走，经过几个村庄就到外县了。但他不知道是外县，以前他们根本不去那么远，是他爹打完他说的，骂他村里都玩不下了，跑到外县去玩。这次没碰上狼吃了他，下次也得碰上狼吃了他。

再一件是两条公路合并后，他发现沿途的电线，一趟变成了两趟。他没发现电线在哪里分岔，却发现公路像尺子，而且越笔直越像，那一根接一根的电杆，就是尺子上一寸一寸的刻度。大概修路就是修尺子，丈量人能走多远，丈量地球有多么大。

最后一件是，阳光下的柏油路，特别是中午时候，有一层水样的东西，仿佛路蒸发出来的，贴着路面飘飘的。他由此断定，柏油路会生水，生多了流淌着，能听到泠泠的水声。那天中午，他就是踏着水走的，身影漂在水中。

但石磙对马灯所讲的并不满足，他想和马灯再走一次，并且走得越远越好，比马灯走得还要远，把他的"不满足"满足了。比如两条合并了的路，又会在哪里分开。巡线工曾跟他们说过，两条路通向不同的地方，不分开是不行的。再比如，沿途的电线除了到镇上分岔，在别处也一定分岔，马灯走那么远没有发现，是他脑溏了没看到。

可他的想法已无法实现，自从马灯的事发生后，他们逃学的路就断了。每次请假老师都叫家人去请，或者老师亲自到家里，或者打发同学到家里，证实他们没有撒谎才准假。再就是礼拜天或放假的时候，家里也不像以往允许他们在外面想玩多久就玩多久，到了中午就得回家吃饭，所以他们想走远也走不远了。

石磙和马灯的贪玩被拴住，那"贪玩"他们能看到，起初不服气，猴似的上蹿下跳，渐渐地才服帖下来。他们的心不再撒野，学习都比以前用功了。尤其是马灯，尝到了用功的甜头，越学越信心十足，石磙骂他吃了唐僧肉。小学毕业后，都考上了初中。

两人在初中也学得不错，马灯比石磙学得还要好。可奇怪的是，马灯一般考试都行，一到正经考试就趴了，而石磙正好相反，平时一般考试不起眼，可一到期中、期末或比赛考试，成绩就在全班冒出来。那时考试制度已恢复几年，师范第一次从初中招生，石磙就以优异的中考成绩考上了，马灯却离高中达线还差几分。

石磙走时，马灯往镇上火车站去送，路过邮电所的时候，在邮电所门口停留了半晌。两个人顺着电话线路，从大街的远处看过来，一直看到电话线从墙孔钻进邮电所，然后把目光落在门前的投信箱上。马灯抚摸着投信箱说，我以后会常来这里。

石磙问，干啥？

马灯说，给你寄信呀。

在最初的通信中，他们都谈到了公路和铁路，说铁路边也有电线，以往却没有注意到。曾经关心的问题，不管弄明白与否，都觉得已不是问题，甚至有点好笑。但好笑归好笑，两人在信中仍谈得饶有兴致，比如公路就像尺子，沿途的电杆像尺子上的刻度，比如铁路就像梯子，沿途的电杆像守卫梯子的哨兵。前一个是老话题了，是马灯走失途中发现的，后一个是石磙去上学的时候，坐在火车上才发现的。

马灯在信中说，那天送走他以后，他在火车站的站台上坐了许久，他不能躺倒不干了，还得一如既往地努力，有天也坐上火车去上学。在信中跟石磙这样说的时候，他已经回学校补习了。他连续补习了两年，但两年中考依旧失败，便在最后一次失败的秋天，跟了个亲戚到南方打工去了。打了几年工又返回村里，开始一门心思地种地。

马灯上学没有上成，种地却成了大把式，光农机就养着五六台，是村里屁股上带钥匙最多的人，走起来欻拉欻拉的。除了屁股上带的钥匙最多，也是村里第一个安电话、第一个玩手机、第一个开网店的人。每次拿到"第一"，他都要告诉石磙：

靠，我安上电话了！

靠，我买下手机了！

靠，我开网店了！

当然，他最早告诉石磙的，是"靠，我爹给我买下个女人！"

一道老菜的"流水志"

年早不是什么长角怪兽，而是一个四季旅人。

岁末归来，年啪啪甩袖净过身上风尘，跨进春节门槛的时候，那道老菜也就跟着来了。说"跟着来了"，是我们沾年的光。

在我们雁门风沙里，老菜叫"凉拌豆芽"，豆芽前省了个绿字，听名字就草根儿。但平常不平常，如今会启齿一笑，往昔却轻易吃不上。那凉拌的绿豆芽，完全"自产自销"，像过年的豆腐一样。

当年大步流星地出现在腊月口上，先至的年味已进村入户，忙乎其他年货的同时，人们也张罗着生豆芽了。女人盘腿坐在炕上，用簸箕端着绿豆，挑挑拣拣，将砂砾丢到地下，将病豆子放一旁的碗里，留下熬粥或暑天煮绿豆汤。

听到豆子声，便有鸡进来，想蹭个牙祭，它机警地注视着女人，那样子同它在院墙下或柴堆边刨食一样。它奢求很低，给几颗病豆子吃就行。女人给它抛豆的时候，它会翅膀夯了躲闪一下，但绝不会叫，像一贯的嗓门亮了。

簸箕里的绿豆，秋天在打谷场上脱壳后，已经过扇车隆隆的风淘，现在又经过一番挑选，颗颗圆光溜滑，抓一把撒到油布上，就像豆子国举行撵兔比赛，你追我逐。

用来生绿豆芽的家什，是一个比脸盆略大、比脸盆深许多的盎子。这种黑亮的盎子，瞧名字就吃年代了，当今已难得一见。与粮缸一样的质地，既保温又结实，豆芽生出来，一天比一天茁壮，不会被撑破的。

在此之前，它待在粮房昏暗的角落里，偶尔也放放东西，更多时候空闲着，被耗得灰头土脸。好像是专门用来生绿豆芽的，只有等到腊月才重新派上用场。女人把它拎出来，从里到外洗刷得干干净净，洗刷出那"黑亮"，将挑选好的绿豆倒进去，再放上一两件铁器，斧头呀菜刀呀，然后用开水"泼"了。

"泼"豆子的时候，女人一手用瓢端着水，一手拿锅铲提醒着什么，像敲钵盂一样敲击盎口，将水缓缓倒入。豆子一哄而起，热气腾腾的。一夜过去就会发芽，如果第二天看不到，第三天还看不到，或生出的豆芽稀零寡落，就是水温没掌握好，盎中铁器放得不够，没有把多余的热吃掉，豆子被烧死了。

那绿豆也就一碗来的，可家里总共也没多少啊，是从秋粮分下的一点绿豆中，专门留出来过年的。真要是烧死了，女人会眼圈红半天，在家人面前很愧疚。男人不声炸了咆哮，给个驴脸就算体谅了。

当然豆芽还要生的，否则过年时饭桌上就塌个窟窿，有一个盘子那么大，有一张脸面那么大，尤其是客人来了招待，仅有的几样菜还少下一样必不可少的。

绿豆生出芽来，便用盖帘盖上盉子，放到挨锅的热炕处，再用棉衣或棉被包好。女人小心伺候着，家人晚上出门，都要吩咐早点回来，在屋门口撒一道炉灰，以防万一回来得迟了，带回不干净的东西。一旦豆芽生病，就会眼睁睁地烂掉，搭进去的希望和辛苦，比烧死豆子还要大。

女人忙乎的时候，孩子猴在一旁，眼睛一会儿扒在盉口上，一会儿扒在母亲脸上，估摸着豆芽是否长满意了。他们压根儿不会去多想，想豆芽还会生病，关心的只是别长慢了，过年时能早早吃上。夜里睡觉也紧挨着包裹的盉子，身旁像多了个襁褓中的弟弟。

大人听不到的声音，孩子却听得到，隔着厚厚的包裹，描绘出盉中的情景，就像他们爬到庙院的树上看大戏，看到树下一个个脖子鹅了，后面的总想高过前面的。豆芽齐刷刷地生长着，只有少数个头矮了，无法齐头并进，在夹缝中挣扎。最不堪的，是一直舒服地睡大觉，觉醒了才破壳的豆芽，被周围的豆芽踩践着，根本挺不起身来，长成了大头鬼。

孩子微笑着入睡，将豆芽从盉中带入梦中，变得奇幻无比，像墙脚的蜗牛，像河洼里的蝌蚪。蜗牛和蝌蚪，渐渐长成海马和美腿，还有外星人和导弹树。当然海马和美腿，外星人和导弹树，是他们多年以后回想起来，才找到的可喻之物。

豆芽长开以后，每天早晚都要"酘"（tóu）的，用水泡一泡再把水滗了。女人滗水的姿势，仿佛抱着娃把尿，左胳膊托住盔底，右手按紧盖帘，把水从盔口的缝中滗出来。

滗水的时候，女人盯着滗出来的水，如果水明显发浊，便担心豆芽不爽了，就像娃的尿黄，担心上火了一样。如果还保持清澈，声音也明亮，女人的目光就潺潺的，跟着滗出来的水流淌。等水滗完了，像拍拍娃的屁股，拍拍盔子放回原处，再用棉物包裹好。

把盔子放回原处后，有时女人会用手搅一搅滗到盆里的水，然后把手放到鼻前闻一闻，再证实一下水浊不浊，有没有异味。更多的是一种享受，情不自禁的，像坐月子的女人喜欢闻娃的体味一样。猴在一旁的孩子，也把手伸到水里搅一搅，模仿母亲的样子，再用鼻子嗅一嗅。嗅到的显然是菜腥气，但他们看着嗅过的手，甚至吮吸一下指头，笑嘻嘻地认为是奶香。自从生豆芽以来，家中就多了缥缈的奶香，常跟角落里的黑暗纠扯在一起。

被年的脚步撵着，豆芽一天一个样，长到一定程度，在盔子里放上压菜石，一块不行放两块，要把豆芽压住。让豆芽往粗长，长成胖虫儿。如果任其疯长，先还苗苗条条，到后就走样了，长得瘦不拉几，根须老来长。

绿豆芽出盉的日子，我们雁门风沙里的阳光一定灿烂，爬山虎一样爬满已新换的窗户。女人认真地净过手，把豆芽从盉中拔到筲箩里，拔的时候一撮一撮，以防拔断了。

在此之前，像孵出一窝鸡仔，豆芽挤挤攘攘的，将盖帘顶起，从盉子里面溢出来。压菜石也压不住了，而且也不能再压了。豆芽已经长满意，到了该出盉的时候。

站在屋门口的台阶上，女人一掂一掂地簸着豆芽，也一掂一掂簸着阳光，豆芽在阳光中翻着跟斗，将它脱下的皮壳簸掉，尽可能簸干净了。鸡们候在台阶下，不像当初进屋蹭病豆子吃那么小心翼翼了，把女人簸下的皮皮壳壳刨来刨去，刨出一根半截豆芽时就争夺起来，抢到的立刻头昂了叫，嘹亮的叫声落到地上，像刚屙下的大白蛋奔跑。

孩子把院门大开了，等待街上路过的人，瞭到街坊邻居时，老远就打招呼，告诉自家的豆芽生好了。街坊邻居的回应也热情，到院门口停下，吆喝着女人的名字，夸赞窗子糊得"花蓬蓬"，豆芽也生好了，就等着过年了。

女人谦虚地接应着，赶紧招呼进来，放下手中的簸箕回屋，端出一碗簸好的绿豆芽。街坊邻居用衣襟接住，说这豆芽生得真好，中午就"活捉了"它。守在一旁的孩子，小脸烧饼一样凉了，盯着那一碗豆芽，目送街坊邻居走后，声哭了问母亲，为啥给他们豆芽？

女人重新端起簸箕，一边簸一边说，你这娃像谁了，咋这么抠？咱也吃过人家的东西，给人家一点豆芽尝尝咋了？孩子的哭腔变成恼怒，那我也要尝尝，就今天中午。害怕母亲不答应，就拿父亲来要挟，要不爹回来我会告爹，告你给了人一大碗绿豆芽。

女人同意后，孩子大声强调，我不要"活捉了"吃，要凉拌上吃。

说着脸软下来，娘，行不？

"活捉了"吃，也就是炒上吃，绿豆芽出盆以后，女人会留下一点的。其余的都焯了，焯到六七成熟，再用冷水泡上，隔几天换一次水。什么时候吃，什么时候捞上。

那天女人的承诺，中午给孩子兑现了，但不是凉拌的，是"活捉了"的。不管凉拌还是热炒，吃上生好的绿豆芽，就听到年在门口跺脚了，剩下跨进春节门槛的最后几步。凉拌豆芽正式上桌，一般是大年三十，但光是自家人吃，就随便多了。甚至连盘子都不用，在盆里拌好了直接放到桌子上。

最郑重其事的，是过了年请客，或者有客要来。女人一早起来，张罗起火头后，全家人齐动手，择菜的择菜，剥葱的剥葱，捣蒜的捣蒜。女人捞出泡着的绿豆芽，配上土豆淀粉做的细粉，炝上葱、蒜、辣子、麻麻花，然后拌上必不可少的黄芥。在盆里拌好后，再夹到盘子里，披上猪头肉。猪头肉不仅要切薄，每片肉还要有红有白，一片一片竖披到豆芽上，将满盘豆芽盖住，最后在上面用桃红染过的细粉，盘个蝴蝶结一样的结。

凉拌好的绿豆芽，在客人到来之前就端到了桌上，端坐在桌子正中央，桌面亮光光的话，还会头朝下端坐在桌子背面。与凉拌豆芽一起端上桌的，还有一碗滴了香油的醋。

那醋也是自家做的，用瓮脚长着一个肚脐眼。塞着一截高粱秸的"醋淋子"淋好了，再放到专门的醋缸里，以备几年之需。越放越"老陈"，会放得黑紫透亮，醋味儿十足，绵酸中透着香甜。醋汪汪地舀到碗里，滴上几滴香油，用筷子搅鸡蛋一样，把香油搅碎了，亮晶晶地漂浮着。

客人在炕上盘腿坐定后，其余的凉菜也上来了，女人在火炉上开始炒热菜，男人便给客人满好酒，拿筷子点点凉拌豆芽，对客人说吃吧。说完了哦一声，自嘲地笑道，还没有浇醋呢。

客人抢先端起了醋碗，说我来我来，用小勺给豆芽浇醋。先从盘尖儿上浇起，给里面的豆芽浇好了，然后围绕着盘尖儿，从上往下给外面披着的猪头肉浇。最后一小勺浇完了，勺中还残余着一点点，客人便倒进自己碗里，端起碗抿一抿，连声赞叹，好醋好醋。碗里还剩下不少醋，一会儿用来吃饺子。

下筷的时候，筷前的猪头肉要夹过，放到一旁的肉上，先吃肉下面的豆芽。夹的时候小心翼翼，因为豆芽里面拌着筋粉，别把满盘豆芽扯乱了。如果细粉太长，一下夹不出来，男人就从旁给夹断，客人便又夸赞，豆芽生得不错，细粉也做得筋道。所以客人下筷的时候，一般只拣豆芽吃，一只手就在嘴下面。

入口的先是酸甜，接着咬到的是脆嫩，又脆嫩又酸甜，但转眼就被辣一扫而光。那辣不像辣椒的辣，火烧火燎的，而是满口"凛冽"的辣，从七窍往出钻，同时也往脑子里钻。客人的鼻和眼睛扎了堆，用手捂住嘴说，这黄芥太辣了。客人眼里生出了泪花，女人赶紧说，辣得厉害就别吃了，我重弄一盘去。

客人摇手道，不成不成，黄芥吃的就是个辣。

男人非常赞同，辣才过瘾呢，不辣还能叫黄芥？

孩子像是被遗忘了，看着客人的辣样子，他们的表情也辣了。但他们不怕辣，早就喉咙里咽唾沫，可就是不敢动筷子。客人来之前，父母吩咐过，不管客人是谁，只有客人吃开了，他们才能动筷子。别不听话，过后为嘴伤心。

现在客人吃开了，孩子还有些迟疑，希望父母吭一声，表示表示。父母却像忘记了他们，对他们视而不见。孩子实在忍不住了，欠起身伸长胳膊，把筷子探向豆芽，却被爹的筷头挡了回去，怕他们把还保持形状的豆芽夹乱了。孩子的目光耷拉下来，在面前摆来摆去，手里把弄着败下阵的筷子，以为爹忘记了他和娘说过的话。

男人示意一下地下的女人，拿碗从盆子里夹点豆芽，放到孩子面前去。孩子看着碗颇不甘心，一是不让自己夹桌上的豆芽吃，二是没给自己碗里夹猪头肉。他们不敢怪怨父母，便嘴嘛了冲客人道，辣椒辣嘴蒜辣心，黄芥辣得鬼抽筋！

客人明白孩子的小心思，让孩子夹桌上的豆芽吃，男人却说别管他们，别管他们。"客随主便"，便冲男人笑笑，冲孩子笑笑，夹两片肉送到孩子碗里。孩子早就急不可耐，却并没有表现得狼吞虎咽，而是猫似的一小口一小口地吃，将满肚不快化作一脸幸福。嘴巴辣嗞嗞的，不时夸张地大张开，啊地拖长了吐口辣气。

男人端起杯来，客人也端起杯来，碰过后一饮而尽。酒烫在开水中，男人从碗里拎起锡壶，抹一把壶底下的水，又给客人响淋淋地斟上，让客人不光是吃豆芽，也要吃肉啊。客人便夹起一片猪头肉，先伸出舌头去接住，薄凌凌的，咬小半口，然后全喂到嘴里。

话开始稠起来，最远的猴年马月，最近的就在眼下。孩子趁他们顾酒不顾菜的时候，迅速伸出胳膊去夹一筷盘子里的豆芽，还要去夹一片肉时被母亲发现了。母亲瞥一眼男人和客人，然后狠狠地剜一眼孩子。上热菜的时候，提前给孩子碗里舀点，像豆芽一样放到孩子面前去。

凉菜比热菜吃得快，其他凉菜都没有了，豆芽却是多拌了的，女人便端过盆来，再给盘子里续上。但猪头肉不披了，想吃得等到下一顿。

像盛夏"晾羊"，晾在芳草地上的小羔羊，一个个饺子卧在盖帘上。饺子是昨晚包好的，从包好的一刻起，它们就等着今天入锅。

谁都知道，过年最撑门面的，莫过于待客的几顿饭，而饭里面最排场的又是饺子。所以要舍得下资本，要包得"心满意足"，把平时积攒的一点白面拿出来，把腊月里割的不多点肉，尽可能留到请客的时候吃。

锅里的水已经烧开，饺子看着热气腾腾的锅想，一会儿把它们煮起来，客人蘸上醋一口咬下去，一定会淋漓尽致，舌头满嘴打滚儿。待客的满意，过年的满意，它们全包含了。客人脸上的酒晕中，会透出它们的光，说这饺子香啊。

而在此之前，要往锅里煮的时候，看着它们争先恐后地跳入锅里，溅起沸沸扬扬的水花，孩子会手舞足蹈地唱，从南上来一群羊，扑里扑啦下了河。

客人便问，为啥不说从北面下来呢？

"还有东，还有西。"

孩子被问住了，摇摇头说，不知道。

那时候，在我们雁门风沙里，除了过年能吃上凉拌豆芽，平时偶尔在红白事宴上也能吃到，但远不及自家做得"细发"，也很少披猪头肉。而且吃得简单粗暴，筷子匪似的一拥而上，盘子就眼泪汪汪地仅存残羹了。

过年时吃完饺子，饺子汤是必喝的，而最好喝的饺子汤，就是吃完凉拌豆芽，将那残羹倒上点，用筷子搅一搅。饺子汤依旧烫烫的，但味道显然不一样了。先噘口吹一吹，把汤面吹皱了，然后嘴贴着碗边，吸溜一口汤，长吁一口气。剩下最后一口汤时，把碗立起来，就像贴到了脸上。

事宴上吃完饭也要喝"高汤"，那是一种跟饺子汤完全不同的汤，漂着几片菜叶几星油花，看似清汤寡水，喝起来却很有事宴味。而最好喝的"高汤"，同样是倒上点凉拌豆芽的残羹，喝到肚里九曲回"畅"。一人捧着一碗"高汤"，有的坐在桌子前喝，有的蹲在墙根下喝，有的站在那里喝，满院吸溜声比之前的吃饭声都响。

几十年过去了，至今唇齿留香。已做了父母的"孩子"，只要吃罢饺子喝饺子汤，只要事宴上饭后喝"高汤"，只要桌上还有凉拌豆芽，他们无惧见笑的话，就会将那残羹给碗里倒点。虽然味道肯定"有别"了，但是依旧巴适得很。

　　捧着碗喝的时候，他们又回想起那个老问题，也就是当年客人问他们的，从南上来的扑里扑啦下了河的一群羊，为啥不从北面下来呢？"还有东，还有西。"他们依然回答不来，只作童年趣事一笑而过，飘落几屑岁月之尘。那尘不易觉察，却都觉察到了：

　　像当初客人留给他们一样，

　　他们也还是留给孩子吧，

　　一道老菜，带着一个老问题……

大链盒与半导体

黑眼圈公羊昂首站在青疙瘩上。

早晨日大如轮，黑眼圈公羊背对太阳，两条前腿劈开，悬晃着后腿间的蛋。

青疙瘩像一座馍状的小山，曾黄昏鸟似的围绕着许多传说。传说下面仅是个大坑，埋着一堆老成石头的白骨。传说青疙瘩上燃过狼烟，挺立过消息树。老早年吧，青疙瘩南侧长满骆驼刺一样灌木的脚下，被挖开一个月亮掉进去也听不到回响的洞，传说都被挖走了，不再传说。

黑眼圈公羊在青疙瘩上出现的时候，多半是早晨或傍晚，越过青疙瘩下的田野，越过挖沙挖得坑坑洼洼的嘶云河，越过傍村的大货车隆隆的国道，眺望着我们雁门风沙里。黑眼圈公羊没告诉任何人它眺望谁，但我们村的人一致认为，它在眺望羊解放。

羊解放自幼左眼失明。他出生时因他娘的一声尖叫，左眼给稳婆的一只受惊的血手毁了。剩下一只右眼孤单单的，上学后看书总是串行，看着看着，就从一行字串到另一行字。说串行的时候，每个字都变成了蚂蚁。背课文也颠三倒四，比如"绿灯走，红灯站，横过马路左右看"，他总是背成"红灯走，绿灯站，横过马路右左看"。

起初老师以为他捣乱，想出出风头，慢慢发现并不是，但又无法改变。有天，梳着麻花辫的老师把他送回家，对他娘说，让咱解放回来做点事吧，比如放羊，也比他念书强。老师本是敷衍了事的话，却不料成金口玉言，后来羊解放真的放了羊。

羊解放放羊以后，他的右眼像换了个眼珠子，再没出现过上学时的问题。不管放多少羊，都过目不忘，心中一清二楚。自从拿起羊鞭就再没有放下，直到被黑眼圈公羊一头顶下青疙瘩。当初送他回家的老师过八十大寿的时候，与他一起上过学的发小去给老师祝寿，偶尔把他饭粒一样挂到嘴边时，穿着大红旗袍的老师回想半天，笑道：

就是那个他吧？绿灯走，红灯站，老念错。

念不成书，会放羊也是一种本事。

羊解放最初显露出放羊的本事，是村里的老羊倌有事，村主任让他给顶替几天。刚找到他的时候并不放心，目光在他鼻子两侧打转，他究竟能不能放了羊？可是只顶替几天，大人们都不愿意干，嫌时间太短，把手头的事也误了，只好找他来干。老羊倌把羊鞭交给他时，也一样不放心，啰里啰唆的。啰唆得羊解放烦了，对村主任说，用人不疑，疑人不用，让他找别人去吧，老子不想替他放羊。

说时右眼灼灼的，像只咬人的狗獾。村主任没想到他还挺有脾气，还会说"用人不疑，疑人不用"，便古怪地一笑，能行能行，不想替他放羊，替我放羊行不？从老羊倌手里拿过羊鞭交给他，你想咋放就咋放，我不怀疑你，就没人敢怀疑你。

羊解放放羊的第一天，就在嘶云河柽柳花初开的河滩上，跟头羊大战了半上午。头羊不服从他，想带领羊们造反。在众羊的围观之下，头羊第一次把他顶倒，他从地上爬起来，第二次又把他顶倒，他又从地上爬起来。第三次把他顶倒时，一头顶在了他裤裆里。他双手捂着裤裆跪在地上，五官都错位了，骂头羊不是个东西，天底下哪有做羊的也会下黑手。跪了一会儿暴跳起来，将继续想顶倒他打败他，又扑来的头羊的两角抓住，吼叫一声揪翻在地。头羊打了个滚爬起来，他抓住头羊的两角，又吼叫一声揪翻在地。

头羊顶倒他三次，他也揪翻头羊三次，与头羊对峙起来。对峙了一阵子，头羊又摆开阵势，倒退几步，向他发起攻击。撞上他的一刻，他猛地转到头羊一侧，一手抓住头羊的后蹄，一手抓住头羊的前蹄，将头羊摇摇晃晃地举起来。血啸聚到脸上，脖子里青筋虬起。围观的羊们吓得纷纷后退，如果将头羊摔到地上，一定会摔个半死。但是他没有，重重地要摔下去的时候，屈起右腿撑住，轻轻地把头羊放到了地下。

头羊被放下后蒙了，他摸摸头羊的鼻梁说，别跟我闹了，我没力气了。

说着，仰面八叉地倒下，肚皮一鼓一塌的。

头羊鼻孔里一朵一朵地喷着粗气，看着他，也看着后退远了仍在围观的同类，多半是它的妻妾。它们对它有些出乎意料，表现得不知所措，原本准备它赢了，争相摇着尾巴上前为它祝贺。公羊在原地打起转来，疯狂地打了几圈后，用前蹄刨着土，仰天嘶叫。

羊解放大声说，你别叫了，好不好？

不服气，等我歇一歇再来。

这些都是我后来听说的，在自家炕头上，或街头巷尾，像围绕青疙瘩的传说一样。

羊解放与公羊在河滩上大战的时候，用我爹我娘的话讲，那时我还是一缕风，可以挂在树梢上，挂在屋顶的烟囱上，与炊烟一起作耍，也可以线头一样沾在人衣上，沾在羊角上。一缕风的我，好多个月朗星稀的夜里，跟着其他风进村入户，在我家遮闭的窗户上徘徊，寻找出入的缝隙，好窥探我爹我娘的一举一动，看他们何时接纳我。

后来，当他们给我讲述羊解放，我也能听懂他们讲述的时候，羊解放给我印象最深的，是他每晚尤其是冬夜，按照固定不变的路线，挎着半导体收音机（村人通称半导体）走过大街的情形。半导体歌唱着，从我们旗杆街街东口传来，隐隐约约的，然后逐渐响亮起来，经过我家院门口后又逐渐低下去，在街西口蛇尾巴一样消失了。转而在响马街出现，一如旗杆街上歌唱着，从街西口到街东口，接着又拐到流银街上。再经过流银街，拐到最北面的铁匠街上，最后从一边连着几条街的街口，一边连着村外田野的九阡路，回到旗杆街街东口外的羊场，像绕了一个巨大的凹字。

谁都知道，我们雁门风沙里从南到北有四条街，也就是旗杆街、响马街、流银街、铁匠街，也叫头道街、二道街、三道街、四道街。我家在旗杆街街北面的中间位置，是羊解放经过旗杆街时半导体声的分界点：愈来愈近地大起来，愈来愈远地小下去。

经过我家院门口的时候最响亮，像半导体旋钮一下拧高了，也是我们家最"动听"的时刻，不管干啥都停下手。面朝遮闭的窗户，仿佛能看到羊解放似的，跟着那半导体由远及近、由近及远的歌唱声，目光在窗户上移动，直到彻底听不见了。站在脑畔的耳朵，还想继续听下去的话，就得调动想象。那想象缠在耳深处的线坨上，从耳道不绝如缕地抽出来，跟着羊解放，绕完剩下的三条街回到羊场。

刚听到时，我爹停下嘴里的烟袋，说：

哦，羊解放又出来了。

我娘也停下手中的针线，说：

今黑夜，好像有点迟了。

迟啥，我爹瞥一眼窗户，昨晚还不是这个时候？

我觉得迟了，我娘坚持着，不信你出去瞧瞧。

那时能看到表三条腿走的人家屈指可数，看时间全凭日月星辰。冬天晚上看"三星"，也就是"参宿三星"。我爹便跳下地出去，站在屋门口的台阶上，越过屋檐张望一番星空，边抽回身来关门，边对我娘说，要不你也出来看看，你看迟了吗？"三星"还不是和昨晚这个时候一样高吗？好像他昨晚看过似的，质问得我娘眉弯了，赶紧拿笑纠正错误。

我这时候便要他们闭嘴，因为耳朵一走神，羊解放的半导体就歌唱过去了。我已经睡下了，又用被窝围着坐起来，我娘以为我要撒尿，把一个罐头瓶塞到我被窝里。

那时的村里，像旱魃薅过的赤地，有时一年不唱一场大戏，放电影也就那么几次。偶尔来个南方耍猴的，锣声锵锵的场子周围，树上墙上屋顶上会爬满人。夏天的时候，夜里人们还在街头乘乘凉，冬天天一黑就关了门，要么围着油灯边做家务边闲坐，要么早早地钻进被窝睡觉。但自从羊解放买下半导体，村里的夜晚稍稍发生了改变。特别是漫长的冬夜，一扇扇紧闭的屋门背后，无论忙闲都等待着，只有听完羊解放半导体经过街的歌唱，才能安心地继续做事或入睡。

羊解放的半导体是村里的第一台半导体，像他的飞鸽大链盒自行车（村人通称飞鸽大链盒）一样。刚买回来的时候，村人又羡慕又讥诮，以为和他的飞鸽大链盒一样，"中看不中用"。村里也有买飞鸽自行车的，但都不带大链盒，车链子露在外面，骑旧了拖泥带水，吱吱嘎嘎的，远不及带大链盒的阔气。但羊解放买下后，他既不会骑也不学，而是挂在屋子的后墙上，天天像画一样欣赏。

那一年，羊解放替老羊倌放了几天羊，老羊倌办完事回来，被羊解放在河滩上打败的头羊，就背叛了老羊倌，带领羊们不听他指挥了。老羊倌是个实在人，便要村主任把羊解放留下来做他的帮手。村主任当下没有答应，说先让他放上几个月再说吧。结果放了几个月，老羊倌主动交出羊鞭，到饲养院喂牲口去了。

老羊倌对村主任说，别看这小子瞎了一只眼，放羊比他强多了。他给村主任举例，比如雨后出去放羊，这小子像狗一样，朝四下里耸耸鼻子，就能耸出哪里有好草。再比如，这小子听听羊叫声，就能听出哪只羊可能生病。他放了近二十年羊，也做不到这一点。这小子是块放羊的料，一定能把羊放好。

除了老羊倌一心让位，村主任也早有照顾羊解放之意，放羊与下地干活相比，既省力又挣的工分高。羊解放从小丢眼失怙，孤儿寡母的，很需要照顾一下。羊解放老子是被电打死的，打死的原因是他老子找死，用手去触摸电灯的灯口。

他老子触摸灯口的那天，是我们雁门风沙里一个破天荒的日子，一根根电杆挑着电线，像山外来的货郎，把光明送到了村里。第一个电灯要安在大队院里，开大会的时候明晃晃的。电灯的灯口已经接好，就差往大队院里戏台的屋檐下挂了。在挂起来之前，电工想提前过一把灯瘾，大泡小泡都试试。先试了个二十五瓦的，又试了个六十瓦的，每个灯泡哗地亮了时，众人就欢呼起来。电工蹲在地上，正准备再换个一百瓦的试试，站在旁边一直看的羊解放老子，这时突发奇想，想把指头伸到那灯口里摸一摸，看电究竟是个啥玩意儿。

电工歪起头说，这是你摸的？你还敢摸它？

羊解放老子笑道，毬粗个口口，它又不是老虎的屁股。

电工眼瞪了，它会打死你的。

嘁，玄乎啥呀你？

我操，不信你试试。

电工把灯口递给羊解放老子，羊解放老子一把接住，说试试就试试，它不就能点亮蛋大个灯泡吗？我就不信摸一摸它，能把我一个大活人打死。

电工没有关电闸，都以为羊解放老子嘴上闹着玩玩儿，没想到他真摸了。羊解放老子左手拿着灯口，笑笑地看着众人，把右手的中指和食指，像羊解放他娘抱着母鸡，把指头伸进鸡门摸蛋一样，伸到了灯口里边。就在电工惊叫一声"有电"，众人也脸僵了的时候，灯口像老虎翘起尾巴放了个屁，噗地冒出一股青烟来。

羊解放老子树似的摇晃了一下，嘴角的一朵笑如黄叶飘落，然后撒开拿灯口的手，直挺挺地倒下了。众人目瞪口呆，接着乱叫起来。电工一屁股坐到地上，嘴歪眼斜了说，世界上还有你这样坏的人？我跟您老无冤无仇啊。

羊解放长年累月放了羊，就从他家所在的响马街，带着他娘搬到了羊场。

羊场在我们村的村东面，一圈黄土墙环绕着。墙头上插着防盗的酸枣刺。墙外面用白灰画着一个一个防狼的白圈，每个白圈有自行车轮圈那么大，在阳光下很醒目，在月光下有些惨白。每天羊群早出晚归的时候，羊场内外就充满羊叫声。

羊解放和他娘住在两间泥巴屋内，屋内的后墙下是一盘土炕，羊解放睡在隔壁紧挨羊舍的炕东头，他娘睡在紧挨灶台的炕西头，中间放着一个满面皱纹的炕桌。早晨屋上的炊烟断了时，羊解放赶着羊出场，傍晚炊烟又升起时，羊解放带着羊群归来。中午他不回来吃饭，他娘为省口饭也不开火。

如果晚饭做好了，羊解放还没有按时归来，他娘就到羊场南面的栅门口去瞭，或者站在羊场西墙下，踮起脚眺望正对着的旗杆街，趁等他的工夫，用目光无关紧要地打探一下街上的事情。遇上落日正好掉到街西口时，如绸的光便会顺着旗杆街，迎着他娘的目光，从街西口一直铺至街东口，一直铺上墙来。被酸枣刺扯得丝丝缕缕，把他娘的头发点燃，把他娘身后的几垛羊草点燃。再越过羊场，越过嘶云河与田野，把更远处的青疙瘩点燃。

羊解放老子被电打死后，他娘有一年多见不得电灯，尤其见不得电灯灯口，一见到就浑身发抖。别人安上电灯了，他娘就不安，说他想安的话，等她死了再安吧。一直点着老油灯，搬到羊场以后，换成了村里给配备的马灯。在墙上挂着的马灯下，母子俩坐在炕桌两边吃过饭，羊解放就脱下袜子，先在炕沿下拍打拍打，再抽打抽打两只脚，隔着炕桌对他娘说，睡吧，还不睡？

躺在被窝里睡不着的时候，或被他娘翻身翻醒了，翻出一屋子炮燥来，羊解放就把耳朵猫了，听漆黑的寂静像气球被针芒挑破似的爆响，听羊场西边九阡路上有无狼的行踪，听隔壁一排溜羊舍里羊的吃草声。听羊的吃草声，他不仅能闻到羊草味，还能看到羊的样子，有的卧那里反刍，有的把头从羊舍前面的木栏伸出来，在木栏外的食槽里吃草。有时吃草声很整齐，羊鼓动着腮帮，听起来齐刷刷的。

但买下飞鸽大链盒后，羊解放再睡不着，就不去听这些了，而是用心去看挂在后墙上的飞鸽大链盒。黑咕隆咚之中，一束星光从幽深处亮起来，随着亮度的加强渐渐扩大了。飞鸽大链盒先浮现出轮廓，接着豁然一片地展现出来。一天野外奔波，从汗毛孔生出的疲惫，也跟着黑暗退却，逼到墙根下消失了。他仿佛躺在大水上，面前海阔天空，飞鸽大链盒变成了一只金凤凰，在天幕上飞翔。

羊解放买下飞鸽大链盒的时候，我已不是我爹我娘说的"一绺风"，常同几个发小到九阡路边"看稀罕"，等候羊解放带着尾巴一致拍打着的羊群归来。披着暮色归来后，羊场内外一片羊叫声，偶尔夹着羊解放的呵斥，还有叭叭的鞭响。我们不敢轻易接近，只能远远地观望，直到羊场内外平静下来。

在等候的过程中，我们总是想撒尿，又开开裆裤，把地下的虚土冲出一个旋涡。有时边撒尿边斗嘴，斗到激烈时让小祖宗也参战，手把着朝向天，比谁尿得高。斗嘴的内容多半围绕羊场，眼睛和耳朵尖了，注意到哪里，就斗到哪里。

一个说，那墙上的白圈，听我二爷说套住过狼，狼哇哇的上吊一样。

另一个反驳，你二爷谝你呢，那是画上去的，吓唬吓唬罢了，还真能套住狼？

一个问，那酸枣刺上挂着一缕羊毛，你猜它是公羊的，还是母羊的？

另一个回答，我猜不出来，反正它是羊身上的。

屁话！

你才是屁话！

我们也争论过羊解放的飞鸽大链盒，但我们几个人加起来也没见过几次，都是从大人们口中捡来的。对羊解放飞鸽大链盒了解最多的是村主任，有时是他专门去看飞鸽大链盒，有时是他去看羊顺便看了飞鸽大链盒。村主任对羊场很关心，对羊解放也很关心。每年村里的收入离不了卖羊，而羊养得好坏，又离不了羊解放。

对羊解放的飞鸽大链盒，村主任的形容是：

细货啊，腰是腰来，腿是腿。

细货就是细妹。接着嘿嘿一笑：

可没我，他瞎子，是买不下这细货的。

那年羊卖得特别好，年终公社评劳模时，给各村分配一个名额，村主任就把羊解放报上去了。不仅报上去了，还评了个头等劳模。凡评上头等劳模的，每人奖励一辆飞鸽大链盒，但要自己掏一半的钱。不要也可以，那一半给折成钱。

如果是普通飞鸽自行车，羊解放就不要了，要那一半折成的钱。但那是飞鸽大链盒啊，且不要说骑了，天天看着都赏心悦目。我们雁门风沙里还无人有，他有了就是第一辆。他便问他娘要那一半的钱，他娘说那一半的钱我有，但那是给你存下娶媳妇的。他说我不娶媳妇了，就要飞鸽大链盒。

羊解放怀揣着钱和劳模奖券，一路上眺望着县城方向，赶了近三十里的路，到县城指定的县五金交电公司取上飞鸽大链盒，然后汗流浃背地背回来。同时背回来的，还有一路上吃惊的眼珠子。背回来抖掉眼珠子，他就把飞鸽大链盒挂到了屋子后墙上，自己给自己立下规矩，只中看不中用，骑的话几年就骑坏了。

他娘曾提醒他，像别人一样把自行车也打扮打扮，又好看又免得磕碰了。羊解放对他娘说，那叫包装，不叫打扮。说飞鸽大链盒还用打扮吗？说挂在墙上还能磕碰了吗？他没告诉他娘，他最见不得自行车包装，他就喜欢自行车不包装的样子。不包装的自行车，那裸露的崭新不但能看到，还能听到闻到，像女人的体香一样，是自行车的体香。

每隔三几天，羊解放就站在炕上擦一遍飞鸽大链盒，从车铃、车把、车座，到车架、链盒、脚蹬，再到挡泥瓦、轮圈、辐条，凡能擦到之处都要擦到，让飞鸽大链盒保持纤尘不染的崭新。有时抹布上还蘸点马灯里的煤油，煤油味带着飞鸽大链盒的崭新味，与屋里的羊膻味，从隔壁羊舍窜过来的羊粪味，像七彩肥皂泡飘来浮去，遇上障碍就弹回来。擦完以后，他嗡嗡地拨一拨轮圈，把一根根辐条拨成一圈圈的光，再捏一捏铃铛，把一串"吊金钟"挂到他娘耳朵上。

三年后的一天，飞鸽大链盒却从他泥巴屋里飞走了，在后墙上空余下一个影子，像贴过剪纸一样。最初一段时间，羊解放怀疑它不是飞走了，而是隐身到了墙里边。因为那影子看久了，飞鸽大链盒就会神气活现，一如既往地挂在那里。墙上的影子维持了好久，遭烟熏气打，才渐渐与墙体成为一色。

飞鸽大链盒是跟上一个女人飞走的。

那女人做了羊解放两个月零三天的老婆，每天泥巴屋上的炊烟扶摇直上，有时整个村子都能看到。尤其是光棍们，看得"出神入化"。两个月零四天头上，羊解放左眼蓄满晚霞，带着肚子圆滚滚的羊群归来后，屋上的炊烟不见了，屋内女人和飞鸽大链盒也不见了。女人是别人给介绍的，是站在羊场门口就能瞭到的南山脚下的人。

当初女人嫁给羊解放，看上的就是他的飞鸽大链盒。因为飞鸽大链盒，他缺少一只眼也不介意，说李闯王瞎了一只眼还当皇帝呢。羊解放起初不同意，跟他娘吵，你想当皇帝你当去吧，说好的我不娶老婆了，现在咋又让我娶呀？但吵了半天也拗不过他娘，他娘把他死老子搬出来问他，飞鸽大链盒能传宗接代吗？

女人不见了以后，羊解放娘央求村主任帮忙，同介绍人一道去找，只要女人愿意回来，让她去跳井都行。但女人不回来了，说要回去也是下辈子的事了。女人不回头的理由，反复就一句话，羊解放他不是人。那两个月零三天，好像活得暗无天日。女人不回来，飞鸽大链盒就回不来，只退还了一点彩礼钱。

从南山脚下回来，村主任对羊解放说，算了吧解放，拿回彩礼钱就行了。从古至今，娶女人都讲究姻缘，你和她的姻缘就两个来月，多一天也不行。再说这两个来月，人家也不能跟你白姻缘，吃亏就吃点儿吧，不就是一辆自行车吗？你好好给我放羊，瞅机会我再给你弄个劳模，再弄它一辆。

说的时候，村主任眼翻翻的，把黑白对折了，瞟着羊解放的下身，寻思那女人为啥说他不是人。后来村主任跟人描述，他瞎子干那好事，一整夜一整夜的，把高粱地耕成了稻田。虽说是个二婚女人，那样干人家，他瞎子也值了。他太过于贪吃了，一辈子细水长流的事，他俩来月就干完了。

当年曾见过羊解放在嘶云河河滩上跟头羊大战过的发小则说，是羊解放的小祖宗给头羊顶坏了，到大长成了麻花钻头，让女人受不了。他们曾寻找机会，想把羊解放的裤子褪下，看看他的小祖宗到底是什么样子，但终究没有看上。没有看上，却仍坚信是麻花钻头，把一个好端端的女人整跑了。

最伤心的是羊解放娘，满心指望的东西都落空了，搬回响马街住了两个月零三天，自以为交代了儿子，对得起他死老子了，再不会离开响马街了，却不想又搬回了羊场。一看到泥巴的屋后墙上空落落的，就说：

那不要脸的，把我娃心爱的一件东西骗走了！

那不要脸的，把我娃害苦了，再辈子老天爷让她嫁个畜生！

飞鸽大链盒飞走之后，羊解放就买下了半导体。买下的当天晚上，他就在四条街上溜了一圈，把半导体的歌唱，种子一样播撒在沿街的角落。起初大家都不以为然，待经过自家院门口响亮了，甚至惊动了狗，才奇怪起来。这般时候了，哪来的喇叭游走？

那天晚上，月亮戴着晕项圈，我左手腕上戴着一串用蓖麻籽串成的手链，被蓖麻籽蛇皮样的斑纹迷惑着，早早地睡了。

第二天刮大风，听我爹我娘说，他们到地里抢收庄稼时才知道，是羊解放又买回了半导体。他总是出人意料，又成为我们村第一个买半导体的人。像饭桌上的一头大蒜，被你一瓣我一瓣地剥着。说昨晚过后，羊解放的半导体再不会出现了，与他的飞鸽大链盒一样，挂到他屋子的后墙上，不知又给哪个女人准备着。

但他们都错了，当月亮脱掉晕项圈，又升至村子上空时，羊解放的半导体又歌唱起来。那些跑出屋子的人，或把脸贴到院门的门缝上去瞧，或打开院门张望，也有的出去堵在街上，想把羊解放拦住。但羊解放不理睬他们，把右眼皮帽檐一样往下拉拉，侧身绕过阻拦者，继续向街的另一端走去。

凡亲眼见过的，一致的收获是：羊解放的半导体，"头上也没长角的"，也没有想象的那么大，和一块城砖差不多。外面套着黑皮套，有一根明亮的天线和两三个旋钮，小红灯闪烁着，与见过的半导体基本一个样。

当然，对羊解放半导体最了解的，一如他的飞鸽大链盒，非村主任莫属。两三天后，村主任到高粱地里检查收割进度时，就在地头透露了有关消息。说他去看了，那半导体是红梅牌的，也就是我们村曾经插队的几个知青天天晚上围着听的那种。但瞎子的好像比他们的费电，需要四五节解放牌电池带动。大概是半导体里面装不下，要用旧报纸卷起来，装到皮套子里，与半导体一起挎着。

说到四五节电池时，村主任用手比画着：

没镰刀把长，跟驴鞭差不多。

见妇女们发傻，又道：

驴鞭么。驴鞭，你们还不知道？

夜里我爹我娘说起来，隔着灯檠上的煤油灯笑，嘴上还沾着地里的高粱花。两人重复着村主任的话，说这瞎子越来越犷獠，比他死老子还犷獠。说他娘不让他买，他非要买。说飞鸽大链盒再白给他也不要了，就要半导体。

这天晚上，下地收割高粱的男女老少应该都一样，不仅仅是我爹我娘。从地里带回家中的情绪仍感染着他们，让他们忘记一天的劳累。他们依旧口是心非，对羊解放嘴上不屑，心里却又放不下，惦记着他半导体的歌唱。但通过我爹我娘，日子越往后我越发现，他们越来越惦记的是羊解放的半导体声，至于歌唱什么已无关紧要。只要听到羊解放的半导体声，屋门与院门紧闭的院落，被夜幕包裹的村子，就打开一扇通往另一个世界的窗口。

那另一个世界就在半导体中，听起来既热闹又陌生，让脖以上部分充满想象，而又想象不出个什么来。或如南山脚下，中午火车驶过的叫声，一上午的劳动该结束了，眼中追逐的却是那奔跑的白烟，想火车从东面的哪里来，要到西面的哪里去。再或如，拿耳朵瞭望天上的飞机声，像对火车一样关心和好奇，它会不会掉下来，或者飞到天外面去？那看不见的天外面，又是什么样子？

我和几个发小，被羊解放的半导体诱惑着，想方设法接近羊解放，想方设法讨好他。像往日"看稀罕"一样，开始在九阡路边迎接他。有时还未迎接上他，倒先迎接上了路过羊场的村主任，目睹了村主任在羊场外的一连串举动。看到羊场内的草垛上麻雀起哄，村主任就站在围墙下，动作夸张地扬手驱赶，赶不走则就地扔石头。然后到羊场门口，把羊解放娘喊出屋来，说那些羊草有豆秸、谷草、糜穰，里面残余着粮食呢，不能让麻雀偷吃了。

吩咐完了问，解放该回来了吧？

羊解放娘说，还得一阵子。

半导体呢，他带走了？

转身离开时，像要说给满世界听的，村主任大声说，那是个好东西啊，不光是他好，全村也跟上好。叽里哇啦地走上一圈，就能给人解解闷。别天一黑，有事做事，没事就睡，睡下就瞎球闹。只是村主任一出现，我们就有种遇上狼的感觉，那羊场墙上的白圈仿佛是为他画的，在九阡路边躲得更远一些，等待羊解放带着羊群归来。

再后来，我们就不在九阡路边迎接他了，而是偷偷地跟着他去放羊，发现哪只羊开小差了，争先恐后地替他撵回来。最初他懒得理我们，要么右眼瞟眄了，骂我们村里捣乱不下，又跟到野外来捣乱。赶我们"回去回去"，说我们被狼叼了，我们父母会把他的蛋骟了。

但我们并不泄气，又看到有羊开小差时，赶在他让头羊去撵之前，依旧替他撵回来。甚至为了讨他欢心，我们蹦跳着呼喊，羊解放万岁，羊解放万岁！呼喊得乌烟瘴气，呼喊得他害怕了，就叭叭叭甩鞭子，说皇帝老儿才万岁呢。再喊他万岁，他就让座山雕顶我们，让孙二娘咬我们。座山雕是羊群的头羊，孙二娘是头羊的皇后，比头羊还要厉害。羊群里耳朵上有伤的，尤其是屁股拽拽、年轻漂亮的母羊，那伤多半是孙二娘咬下的。

取得羊解放信任后，我们就跟在羊群后面，忠心耿耿地给他当小羊倌。羊们安心吃草，无须照看的时候，羊解放就丢下羊鞭，挎着装在皮套里的电池，站在那里或坐到地上，拔出半导体竹节一样的天线，打开半导体收听。带着羊群行动的时候，他是不打开半导体的，说那会走神，会不小心踩到土地爷头上。

每当这个时候，我们真正的目的就达到了，用现在的话说，就能"近距离接触"羊解放的半导体了。围在他身旁，他收听什么无所谓，我们关心的是半导体，看他将半导体侧面的旋钮拨来拨去地如何收听。收听时声音嚓嚓的，就像后来黑白电视信号不好时，屏幕上出现的"雪花"。

有次在青疙瘩脚下，他收了半天台也收不住，就丢下我们爬到青疙瘩上。往上爬时，屁股一撅一撅的，后衣襟下露出白茬茬的皮裤带，还有二指宽脊骨突起的黑肉。那是我第一次见他爬青疙瘩，也是最后一次见他爬青疙瘩。在青疙瘩顶上，他两手端着半导体，朝四面八方搜寻信号，等收住台调好了，就龇开嘴冲我们笑。头顶着蓝天，威风凛凛的，比一棵树还要树，就像传说的消息树。

我们在青疙瘩脚下仰望着，发现他爬上青疙瘩的羊们，也停下嘴仰望着，有的还发出咩咩的叫声。为了让我们听得到，羊解放把半导体音量放大了，声音从上面落下来时，中间像被风刮着，根须一样飘飘忽忽。

羊解放喜欢收听歌唱的，尤其是热闹的戏剧，等把台接收平稳了，他要么拿着半导体听，要么把半导体恭敬地放在地上听。我们听着听着，就禁不住想摸一摸，可刚试探着伸出手去，就被他喝了回来。声口就像传说的，当初电工呵斥他老子一样，这是你们摸的？你们还敢摸它？转而和颜悦色了，问我们看过电影《英雄儿女》没有。我们不明白他啥意思，用手捂住嘴叽叽咕咕地笑。

他说，笑什么笑，我这半导体，就像王成背的那无线电。

我们不相信，说，王成的无线电能说"向我开炮"，你的半导体也能说吗？

他说，不能是不能，但他的无线电能唱"我家的表叔数不清"吗？

羊解放的半导体，正如大人们所说，"头上也没长角的"。但那半导体声，就是诱惑着我们，偶尔羊解放听得迷糊了，躺到地上去见周公，我们就轮流监视着他的右眼，偷偷地抚摸他的半导体，从皮套到露出皮套的地方，包括银亮的天线、侧面的旋钮。但抚摸半天几无所获，指尖上仅留下一丝发烟的气味，也就是半导体肚子里散发出来的，经过正面布满线香粗的小孔的皮套时，又沾染了皮套味的那种气味。

抚摸不出什么来，我们就有些失望，但越失望越好奇，尤其是半导体肚子里，那声音究竟是怎么发出来的？有次我们正轮流抚摸着，羊解放的右眼突然睁开了，吓得我们把手缩到身后，说我们谁也没有抚摸，真的没有抚摸！赶快转移他的注意力，问他不看羊角的话，怎么辨别公羊和母羊呢？羊解放呼地坐起来，骂我们啥也想知道，接着哈哈大笑，看蛋呀，看蛋你们还不懂？

受他大笑鼓舞，我们张狂起来，说，除了看蛋，还再有没有看的？

羊解放脖子梗了，说，回家问你们娘老子去。

我们便要赖，说，就问你呢，问他们会揍死我们。

羊解放道，羊屁股后面长着什么？

我们齐声回答，尾巴啊。

羊解放听后又躺倒了，一只手枕在头底下，一只手指着不再吃草、正注视他的座山雕和孙二娘说，走起来尾巴左右摇摆的就是公的，上下拍打的就是母的。说着又坐起来，右眼瞄住我们问，你们知道母羊的尾巴，比如孙二娘的，为啥要上下拍打呢？

我们回答不上，却又觉出他的坏来，害怕他骂我们，又赶紧转移话题，讨好地问他，当年他在嘶云河河滩上大战头羊的故事，能不能给我们讲一讲？他拔根稗草喂到嘴里，嚼得牙绿了，说那有啥好讲的？你们别和我耍滑头了，刚才偷偷摸摸地，摸我的半导体，摸出啥感觉了？

这晚跟着羊解放归来，玩儿兴还不减，像有个小丑怂恿着我。晚饭后在院门口乘凉，羊解放挎着半导体歌唱着过去，快要走出街西口时，我撒腿追了去。身后我娘骂我，骂我快成野小子了，不让我去的吆喝声，被我炝起的脚后跟，踢得土豆似的在街上乱滚。

从我们旗杆街转过来，与响马街的一个发小，一起追上羊解放后，羊解放没有阻止我们，也没有鼓励我们，只是回头一瞥，又掉转头去。但那一眼很刻骨，之前我也注意过他的脸，尤其是自以为跟他混熟后，但从未有过这天晚上的感受。

我看到了一张阴阳脸，以他的鼻梁为界，右半边一片光明，左半边一片黑暗。左眼窝比白天还要眍䁖，似乎还在往下陷，越来越像个黑洞，旋涡一样吸纳着月光，咕隆隆地能听到流淌声，在黑暗曲折的地道里，一直流淌到他出生时，传说的被稳婆的血手抠瞎的那一刻。而瞥我的右眼，像狼眼睛一样冒光，只是不是绿的。我扭头看一旁的发小，发小脸上却月光均匀，鼻子两侧一样的光明。

近半个世纪过去了，回想起那晚的月亮，仍一如既往地圆满，但不是如镜一般，而像一面金灿灿的铓锣，月光从锣脐泉一样涌现出来。整个村庄沉浸在月光下，悠长的街变成了一条河。院门有的闭着，有的门口坐着人乘凉，或在等待羊解放经过，经过之后便响起关门声。羊解放半导体热闹的歌唱，听起来就像我多年后在某地河上见过的花船，而院门口驱蚊的麦糠火，就像岸边燃剩的猩红无焰的篝火，烟顺着河面一样的街面弥漫。

因那一眼而生的胆怯，我在羊解放跟前，不敢再像白天那么放肆了，与发小悄悄地跟在他身后。走在前面的羊解放，两手端着信号不好时会随时扭动旋钮调整的半导体，右肩上挎着装有加长手电那么粗那么长，用红蓝两根电线与半导体相连的电池。对院门口乘凉的，或在等待他的人视而不见，与白天的他判若两人，即使有人同他打招呼，他也权当没听见。我们经过之后，便有人小声骂，这瞎子越来越牛逼哄哄了。

月光像雨后街上没过脚面的积水，一踏一个水窝子，提起脚的一刻又愈合了，或者说被月光吃了。偶尔一脚失去深浅，便踏得月光四溅，涟漪带着我们凌乱的身影，向街两侧波光粼粼地扩散去。我们经过的时候，沿街墙壁的阴影笼罩的墙根下的虫鸣，隔空而至的狗吠，还有村外传来的蛙声，都噤声了，像在听着。

这天晚上，羊解放的半导体播放的是京剧《智取威虎山》，应该说我早听过了，但没留下多少印象。事实上也听不下什么。唱得最响亮的时候，也就是经过院门时的一瞬间；唱得时间再长，也就一条街的长度，转到另一条街上就听不见了，即使听得见也听不清楚了。到后来像大人们一样，唱什么都无关紧要，只要听到半导体声就行了。可这天晚上，我的记忆却格外真切，后来对羊解放的回忆，有时就是它引起的：

> 穿林海跨雪原气冲霄汉！
> 抒豪情寄壮志面对群山。
> 愿红旗五洲四海齐招展，
> 哪怕是火海刀山也扑上前……

最后一次跟着羊解放去放羊，大约是两年后的事了。那天放羊归来，把羊赶进羊场，赶进空闲了一天的羊舍，又从羊草垛上抱来羊草,把羊舍前面的食槽填满。我与几个发小,干得又勤快又熟练,俨然羊解放手下的小羊倌。

最初跟着羊解放放羊回来,我们只到羊场门口为止,然后就各回各家了。羊解放是不准许我们进羊场的,怕我们进去干坏事,尤其是怕把羊草垛给点着。把羊赶进羊场院后,他边关木栅门边说,快回去吧,快回去吧,回去要小心说话。

我们帮他干完活后,在他娘的热情招呼下,又走进他的泥巴屋。他娘已经做好饭,满屋热气腾腾的。那不变的味道,饭味、羊膻味、羊粪味,还有别的说不清的味,在马灯灯光的渲染下,互不相让地纠缠着,开门进去的时候扑面而来,熏得人眼睛发辣。

我们本来不想进去了,却又忍不住好奇。我们已进去过几次,对泥巴屋不再神秘,但依然好奇,好奇那后墙上挂过飞鸽大链盒的地方。飞鸽大链盒曾留下的影子,早被烟熏气打得了无痕迹。可奇怪的是:像羊解放当初怀疑飞鸽大链盒没有飞走一样,我们也怀疑飞鸽大链盒留下的影子没有消失,像躲到墙里边的神迹,期望我们进去后能够出现。

但我们依旧一厢情愿,飞鸽大链盒留下的影子并未出现,挂过飞鸽大链盒的地方,现在挂上了半导体。有天羊解放挂好半导体,从炕上跳下地告诉我们,晚上从大街上转回来,只要他娘睡不着觉,他就让半导体继续歌唱一番。他和他娘听着听着,半导体就变成一个红火热闹的大舞台,就像大队院里正在演出的戏台。不仅耳朵听得到,眼睛也看得到,杨子荣呀铁梅呀,都生动地展现在面前,他和他娘像坐在戏台下看戏。

也就是这最后一次跟着羊解放去放羊，我回到家挨了暴揍，我爹我娘轮流揍我，像揍地主的狗崽子，揍得笤帚都毛爹了。他们以前还没这样揍过我，揍得我的屁股胖眉肿眼，两三天"不省人事"。挨揍的原因不言而喻，我动不动就逃学，跟着羊解放去放羊。只是我皮厚肉糙，不惧怕他们揍，以前已揍过我几次，就是屡教不改。这次他们却无意中使出了撒手锏，揍罢我又说要找羊解放去，是可忍孰不可忍，要痛斥羊解放盅惑我，把我盅惑成了野小子。

　　这让我害怕了，因为我逃学或有机会跟着羊解放去放羊，是我心甘情愿的，人家并没有盅惑我。如果去跟人家吵架，那就冤枉人家了。再就是明年我就要上初中了，若上不成半途而废，会气得我爹一呕一呕地打嗝病犯了，气得我娘眼勾了，像把裤带缩到了屋梁上。他们希望我好好读书，将来不跟土坷垃打交道，别像他们一样活得辛苦。

　　往后的事可想而知，我实现了父母的愿望，离开了我们雁门风沙里。后来有关羊解放的消息，都是听我父母和发小们讲的。集体不再养羊时，羊解放先给各家各户放羊，每天集中起来带出去，再后来零散养羊不划算了，各家各户也不养羊了。这时羊解放娘已去世，羊解放被邻村一个养殖大老板雇去。他早不会干别的事了，但放羊仍是一把好手。养殖老板的羊都是圈养，不像过去一样散养了，但近几年土鸡土猪兴起，土羊也不甘于后，养殖老板便拿出一部分羊来，让羊解放去野外放。

　　那天来到青疙瘩下面，在收割过的玉米地里放牧，羊解放手下的小羊倌说，羊解放仰望着青疙瘩，仰望了一会儿就去爬了。爬到青疙瘩顶上，先举着手机拍照，拍完了贴到耳边，很像是听戏。那手机是新买的，已不知是第几个手机了。在手机时兴之前，羊解放还买过传呼机，用银链戴在裤腰上，走起路来明晃晃的。他娘曾骂他"骚"，见不得时髦东西，头发白了也骚气不减。能用手机听戏后，羊解放就不玩半导体了。

站在青疙瘩顶上的羊解放，大概手机的音效不错，手机里唱得也不错，正脸似向日葵的听着，黑眼圈公羊从他背后爬上青疙瘩。黑眼圈公羊是羊群里的老大，两只大角在头左右盘绕着。小羊倌也看到了，尾巴一撅一撅的，羊蛋一晃一晃的，以为它上去找羊解放作耍，不想将羊解放一头顶下了青疙瘩。像跑山石一样，羊解放带着一溜烟尘，从上面翻滚下来，翻滚下来以后，又在玉米地里滚了一段才停下。

羊们都吓怔了，望着青疙瘩顶上的公羊，又看着青疙瘩下面的羊解放。小羊倌过了半晌才惊叫起来，打电话喊来养殖老板，把羊解放送进了县医院。但终因受伤过重，加之上了年纪，没能挺过一劫。养殖老板要杀掉黑眼圈公羊，羊解放却不让，说别杀它了，顶死我挺好的。原准备年终告诉你，我放羊有些力不从心了，明年就回响马街不干了。这下可好，它替我了结了。就当放生吧，让它想去哪去哪。

从此，早晨或傍晚，青疙瘩顶上就出现了一只公羊，面朝我们雁门风沙里，直到年末一场大雪过后，才丢下一片传说不知去向。

身着燕尾服的门

"喂，老头儿！起来！"

他被港警约翰生喊醒，故乡井上吱吱的辘轳声，一睁眼烟消云散。他又一次被那只"巨大而仇怨的手"抓住，像鹰爪下的一只海鸥，几片羽毛在空中飘旋。

回望一眼身后的灯塔，他搭上每天给他运送食物和淡水的小船，离开那个形影相吊的孤岛，到了礼拜日穿起银纽扣制服，戴着勋章去做弥撒的阿斯宾华尔，见过曾迫不及待地录用他，现在又要解雇他的法尔冈孛列琪领事，然后乘轮船前往纽约。随着轮船嘶叫，"新的流浪的旅途已展开在他面前"。

风烛残年的他，从认识他的那天起，我就祝愿他到达纽约后，厄运就此罢休，永远获得他渴望的那份"安静"。即使回不到"另一个半球上的故乡"，至少可以放心大胆地做梦，行走在"被各种作物染成彩色斑斓的田野上"，"满身都洋溢着说不出的

·120·

幸福"。

我是三十多年前认识他的，在与他相距遥远的东半球，一个喇叭裤还在流行的小县城的新华书店里。我几眼就记住了他，他叫史卡汶斯基，一个年过古稀的老头。海浪淘洗着他的一双蓝眼睛，海风吹拂着他的满头白发。

那是20世纪80年代末的一天，初夏的阳光至今澄澈，像佛端坐在残垣环绕的小城上空，普照着偏居一隅的众生。早晨刚下过雨，大街上的水一汪一汪，像家丁一样的吉普车，一副老爷派头的伏尔加，四只叫"轱辘"的脚蹚过时，哗地溅起一片碎玻璃。还有生动活泼的驴车，驴尾巴甩打甩打的，得便就撒一泡黄尿或粪便。驴粪常撒在积水边，让一泡变成两泡。被阳光冲淡了的热气，带着鲜勃勃的粪味，撩逗着穿花裙的姑娘。

新华书店坐南朝北，陈旧的洗砂门面，两扇大把手对开门。偌大的书店内没有几个人，在从东到西的大半圈柜台前，或浏览书架上一层层的书，或低头看玻璃下面柜台中摆放的书。书架上的书，有的码得紧凑整齐，有的码得松散凌乱，都静静地充满期待，散发出撩鼻的书卷气。一丝一丝的黄或白，黄的带着陈旧气，白的夹着油墨味。

隔会儿有人进来，隔会儿有人出去，书店内始终维持着几个人。有人进出时，门彬彬有礼地吱呀一响开了，然后彬彬有礼地吭腾一声关上，就像今天酒店大堂门口身着燕尾服的迎宾。如果门开得幅度大了，或开门的动作粗鲁，两扇门就失去礼貌，像被冬天的风忽悠着，半天才会平静下来。门打开的一刻，外面的光跟着人进来，或迎着出去的人进来，争先恐后的样子，扑到对面的柜台上，扑到柜台后面的书架上。一排排的书，书脊上的字一下眼亮了，瞅着进来的人，或者目送出去的人。

在此之前，我好久没来县城的新华书店了，因为来了就想买书，尤其是心念已久的书，如果不买下就后悔，特别是再去买时，书被别人买走了，会后悔得像手中空余的姑娘的半截大辫子。但这样的事，总免不了发生，原因是囊中羞涩。那时每月挣几十块钱，工资一到手就花光了，甚至未发之前就指派完了，等发下来再一一还债。所以不敢轻易走进书店，怕书已摆在面前，温情脉脉地看着你，是那么情投意合，自己却掏不出钱来，或钱不够而难堪。

这天，我是同一个外地朋友走进书店的，走进书店之前，两个人在大街上不期而遇。他来我们县出差，办完事出来转一转。我是进城办点事，办完事正准备回去，碰上后一起来到新华书店。都没有非要买书的意思，他只是逛一逛，我只是陪陪他而已。

与以往走进书店一样，虔敬之心油然而生，把脸上的皮肉，衣襟似的抻一抻，仿佛步入千佛殿。书架上一本本的书，便是壁龛里一尊尊的佛。书店里既凉快又安静，角落里的悄悄气，长了十八条腿，顺着墙根一蠕一蠕地窜。两个小年轻伏在东边的柜台上，面前摆着一本打开的书，边看边相互拿嘴咬耳朵。女孩跟男孩喁语时，像拿鬓发撩拨男孩的耳朵，男孩跟女孩喁语时，像对着女孩的耳朵哈气。

朋友顺着大半圈柜台，从西到东浏览了一遍，然后又返回正面的柜台前，细看起与门正对的书架上的书来。几层书摆放得有点乱，大多是文学作品，错杂着其他方面的书。看到感兴趣或熟悉的书，朋友就双手托住柜台边，上身朝柜台里面前倾了，把书脊上的书名瞄个仔细，怕看错了似的。他从柜台边腾出一只手，指着那本书对我说，这本书听说写得不错。或者收回身来对我笑道，这本书他看了，写得挺勾人的，一进去就不想出来了。

书架上的几层书，他看过来看过去，我站在他一旁，也看过来看过去。我的目光跟着他的目光，在书架上徘徊。许多书名已忘却，能记起的有《有只鸽子叫红唇儿》《老桥》《高女人和她的矮丈夫》《京城内外》《月迹》《沈从文选集》《烟》《一盘没有下完的围棋》《欧·亨利短篇小说选》《荒乱年代》《恶之花》《红房间》《宗教的历程》《中国古代菜谱》。有的看过，有的只是听说过，有的初次"耳闻目睹"。个别书很袖珍，比如《月迹》，只有巴掌那么大。后来这些书，没看过的我都买了，也一本不落地看了。像《中国古代名菜》，一道道"名菜"既是至味也是美文，读来状若老饕，与古人舌尖上共舞，"烹羊宰牛且为乐，会须一饮三百杯"。

再就是上下两本《诺贝尔文学奖金获奖作家作品选》。

两本书并没有挨着，中间像第三者一样，插着一本《高女人和她的矮丈夫》。我刚看到这三本书时，身后书店的门吱呀一响，书店内像蝴蝶的翅膀忽闪了一下，从门扑进来的光，便把三本书的书脊照亮了。《高女人和她的矮丈夫》我早看过了，是冯骥才的一本小说集，但《诺贝尔文学奖金获奖作家作品选》是头一次见，书脊上的书名是蓝底子白字。我的目光被一下粘住了，往回收时胶布一样扯皮，沾起书脊上的书的几根寒毛。

书店里有三名店员，东边站柜台的是个大妈，好像在看一本小人书，不时抬起头瞟一眼两个小年轻。西边站柜台的是个少妇，无顾客应酬的时候，就把一张粉脸朝向窗外面。我们这边是个男店员，两个发青的眼苔像暖水袋，穿着一件半旧的白衬衫，左胳膊的袖子一丝不苟，袖口的扣子紧扣着，右胳膊的袖子却卷到了肘弯上。一会儿双手抱在胸前，一会儿右手托在柜台上，左手抚摸着毛茸茸的右小胳膊。

我让他拿本《诺贝尔文学奖金获奖作家作品选》看看，他探起身随手抽出本下册给我，我说把上册也拿来。两本书烫金封面，浙江文艺出版社出版，共选了二十三位诺奖获奖作家的二十三篇中短篇小说，定价两块六毛四分钱。如果放到现在，连一盒劣质烟也买不了，那时却足可以大饱口福。坐在我教书的小镇的小吃摊前，打三个荞面碗托，割上二两多猪头肉，挖一小勺新捣的蒜泥，滴几滴小磨香油，再撒一撮儿香菜，然后浇上老陈醋拌起来，撸起袖头美美地享受一番。

我反复翻了几遍书，又看了几遍书后的"定价：2.64元"，把手伸到屁股后面的裤兜里，一边搓摸裤兜里的钱，一边冲店员笑笑，能不能打个折，便宜一点？我的笑自己也能感受到，像史卡汶斯基去见法尔冈孛列琪一样谦卑。店员白我一眼，你这人啊，这书还能打折？说着把书收回去，说就这也只剩这一套了。他把两本书放回原处，让两本书重归于好，把第三者《高女人和她的矮丈夫》挤到了一边。

店员又恢复了刚才的姿态，右手托在柜台上，左手抚摸着右小胳膊，不抚摸的时候，就用指头轻轻地弹奏柜台的玻璃。我屁股后面的裤兜里只有一块多钱，多多少记不清了，反正寒碜得要命，即便人家给打折也不够。但至今也不明白，当时我为啥要那样问。我从裤兜抽出开始焦躁的手，回头望了望书店窗外面，似乎想寻求点什么，又掉回头来对店员说，把那两本书再拿来，让我再看看。店员嘴歪了，不买就别看了，翻坏了别人还买不买？

这时，朋友瞧了瞧我，又瞧瞧那店员，让他把书取下来，说我看看可以吗？店员明显不耐烦了，但又不能不取，取下来对我朋友说，翻几页就行了。朋友却不管他，边翻书边对我说，你刚才看时我没咋注意，这些作品我有的看过了，其他的也应该不错吧，像怀特的《白鹦鹉》肯定好。他合上书对店员说，这两本书我买了。店员吃惊地看着我朋友，然后捎带了我一眼，朝柜台后面的过道西边的尽头喊，有人买书了。

原来过道尽头，正面的书架与西面的书架，两面书架的交接处有门，一个眉像涂了墨汁的女孩应声出来，收了朋友的钱，问要不要开票。朋友说开啥票，我回去又不报销。女孩把书在售书册上登记了，找个塑料袋装上交给朋友。我看着朋友，眼中满是羡慕，心里满是自惭形秽的不堪。这时朋友把书递给我，说这两本书伙计送你了。我一下不知所措，说这哪能呢哪能呢，把书推了回去。朋友又推了回来，你看你这人，不就是两本书吗？

从书店里出来，大街上的阳光明晃晃的，与书店门前的阴暗形成强烈对比，像黑白分明的画一样。站在书店的台阶上，能瞭到城中面陈色旧的鼓楼，一幅巨大的计划生育的红标语悬挂在正面二层的屋檐下，成群结队的麻燕在楼上空盘绕。对面一家屋檐低垂的老店，屋顶上的瓦松生机勃勃，窗玻璃上用红漆写着各种电器名称。我们从书店出来的时候，店内播放起《冬天里的一把火》，把街上其他的声音都盖过了。

我很想就近找家饭馆请朋友吃顿饭，可衣袋很阿斗，连两本书的钱都掏不出来，拿什么请客？朋友下午就要走，便把感激菜叶一样掖到舌根下，说以后再见吧。但这一"再见"，竟相隔了许多年，"再见"的时候说起来，朋友都淡忘了。在我的一再提醒下，朋友回想着，说好像有过这么回事，接着蹙鼻一笑，都猴年马月了，这么两本书你还记着。

与朋友在书店门口分别后，我的脸很快就变成牛皮鼓，朋友想送我就送吧，不再纠结什么，只为那两本书咚咚地敲着。那天我穿的也是喇叭裤，一路上裤脚像旗帜飘扬。从县城骑车回到小镇的家中，当天就看完了《诺贝尔文学奖金获奖作家作品选》的上册，接下来的两天又抽空看完了下册。以前，我还从未这样集中地看过诺奖获奖作家的作品，二十三位作家有一半未曾"谋面"，比如拉格洛夫、托马斯·曼、拉克司奈斯、阿斯图里亚斯、莫里亚克、贝娄，当然他们有的也听说过。

但看得粗枝大叶，先过一把瘾再说。第二次就看得细了，而且看得小心谨慎，怕校长说我不务正业。在办公室看的时候，常用教科书做掩护，不看了就藏在教案下，或者办公桌的抽屉里。像小时候在课堂上偷吃母亲给带的炒面，眼睛提防着讲台上的老师，从书包里一点一点捏着吃。有时老师的嗓门突然提高了，嘴里像往出扔炸弹，我以为自己被发现了，一着慌把炒面喂到鼻孔里，呛得炒面满脸开花。

有天晚上正看着，被一位老师叫出去办了点事，返回来已下晚自习，放在教案下面的书（上册）不见了。桌上桌下找了个遍，又问了两个还未走的老师，都摇头说不知道。我一时间火冒三丈，但又不能发作，办公室外面学生来来往往，只能让驴在心中撒野，把他（她）祖宗的庄稼地糟蹋了大半天。回到家一夜眼皮打架，像"亡斧者意邻"，把办公室的每位老师在脑中滤了一遍。

就在我垂头丧气，第二天去给学生上早课时，丢了一夜的书又出现在我教案下面，想必是哪位老师拿去看了，看完又偷偷地放了回来。高兴之余不安起来，为昨晚那样糟蹋人家祖宗的歉疚。因为不知道是哪位老师拿去的，便对哪位老师都报以诏笑，搞得一位长胡须的女老师悄悄对我说，你今天有点不正常，皮笑肉不笑的。

失而复得之后，每天两本书我都随身带着，或者看一本的时候，另一本就放在家中。有天中午放学回到家，夹在自行车后座上的档案袋漏了，装在袋里的两本书有一本不见了。我赶紧抛下车子，顺着原路返回去寻找，找到的时候急出一头汗来。

丢掉的又是那本上册，我怀疑它是存心要丢的，因为它丢得很奇妙，就像事先安排好的。我找到它的时候，它躺在临近学校的一条小巷内的一处人家的院墙根下。那墙根老了，承载着年迈的高墙，曾经光滑的青砖已失去棱角，剥蚀的砖粉末与聚积的浮土潮潮的。不知是风还是人，或者天空的一只好事鸟，将一枚西瓜籽丢在那里，竟生出一株西瓜苗来。它注定长不成的，但它并不在乎，我行我素地蓬勃，瓜蔓毛茸茸的，开着两朵小黄花。我丢掉的书就躺在花下面，仿佛那花为它而开。更意想不到的是，居然有一只蝈蝈待在书面上，一副气定神闲的样子，静静地享受着初秋的阳光。

也就是从那天起，两本书我不再带到学校看了，想看就在家里看。两次失而复得，如果我再丢掉的话，就该接受惩罚了，不可能再找回来了。它们是一胎所生的兄弟俩，必须形影不离，不管丢掉哪一本，剩下的一本就会孤单，就会郁郁寡欢。像丢掉兄弟的人，坐在村口眺望着黄土路，等待被丢的哥或弟，在大路尽头出现。

此后斗转星移，两本书跟着我一路辗转，从小镇到了县城又到了省城，前前后后搬过七八次家，仅小镇教书期间就搬过四次。两本书最初放在租房的窗台上，之后放在一个简易书架里，再往后放在一个小书柜里，最后放进一排高大的深栗色的书柜里，伴随着我生活条件的改善，它们的栖身之所也在不断改善。在跟随我的辗转中，它们也"朱颜改"，上册封面的烫金已磨蚀，露出了蓝底色，书页也一天比一天发黄，透出缱绻慈祥的书卷气，还有易显不易的岁月况味。

书中二十三篇作品我反复读了，尤其是那"一半未曾'谋面'"的作家的作品，像拉格洛夫的《尼尔斯历险记·少年》、托马斯·曼的《沉重的时刻》、拉克司奈斯的《青鱼》、阿斯图里亚斯的《危地马拉的周末》、莫里亚克的《苔蕾丝·德斯盖鲁》、贝娄的《寻找格林先生》，但记忆都没超过显克微支的

《灯塔看守人》。只要看到那两本书，我首先想到的总是它，进而想到命运糟糕、一生坎坷的史卡汶斯基，"每当支起篷帐，安好炉灶，正想作久居之计，便总有大风吹来，摧倒他的木桩，熄灭他的炉火，逼得他归于毁灭。"

但老人"不肯向忧患低头"，"如爬上一座高山，勤奋得像蚂蚁一样。虽然跌落了一百次，他还是安静地开始第一百零一次的攀爬"。每次想起他，或翻开书读他的时候，我就祝愿他万寿无疆，尚未如愿之前，他一定不能倒下，否则他的灵魂无处安放。还有那本诗集，无论如何他要带好，像他的同胞肖邦带着一瓶泥土一样。

每当这个时候，阿斯宾华尔礼拜日的钟声就响起，穿越截然不同的时空，但途经的大海依旧，老人在那头前往纽约的船上听着，我在这头叫作"书斋"的室中听着。钟声在阿斯宾华尔"白色的屋宇及高耸的塔楼"中落定后，我看到那天书店的门：

身着燕尾服，

吱呀一响地开了，

然后又吭腾一声关上……

地瓜，地瓜

　　屋门哗地打开的一刻，母亲被一团光裹挟着，蜂拥而上的雨堵个趔趄，像申挖洞夜半手电乱晃晃地抓人。母亲掀过顶门杠出去后，回身抓住屈戌儿，将两扇门使劲拽到一起，用钉锔扣住。雨掠过屋檐头斜射下来，又开始噼里啪啦地砸门板。

　　羊子坐在窗前，眼睛紧跟着母亲，从屋里跟到屋外。麻纸覆盖的窗上，镶嵌着两块拼凑在一起，转周糊圆了，像中秋月亮大小的玻璃。母亲紧紧草帽带子，右胳肢窝夹着黑塑料布，屁股一撅一撅地从梯子爬上去。那块黑塑料布，是家中最后能遮护屋顶的可用之物了，是一次部队拉练在他家住过的兵送的，平时只有吃饭的时候在炕上铺一铺。家中其他用得上的东西，几片油布与秫席，早在雨前就苫到屋顶上了。哪有裂缝苫哪里，或者找不到裂缝，却怀疑可能漏雨的地方，然后用事先准备的砖头石块压好。

梯子架在屋门左边的屋檐上，也就是镶嵌玻璃的窗户一侧，浑身被雨浇得发亮。母亲从梯子上消失后，羊子的眼睛又转回屋内，他看不到外面屋顶上的母亲，但母亲的着忙之状他能想见，与以前下雨时着忙一样。随后屋顶上便多了一种声音，从雨声中冒出来，唰啦啦的像下盐粒子。羊子耳尖了，他搞不清自己心作怪呢，还是那块展开与里屋门帘差不多大的塑料布真起了作用，感到屋外的雨一下遥远了，仿佛自己钻进地道。屋顶上汇聚而下，从屋檐头出水口射出去的水，也似乎不及刚才响亮了。而事实上，屋外雨声未变，雨也并没有减弱，但他感觉就是遥远了。

家里屋顶上是一片一片的湿，顺着椽条洇渗。有的椽条缀满水珠，一颗挨一颗地排着队，前面的被后面的挤肥了，拽不住就掉。不管外面的雨有多急，水珠都掉得漫不经心，掉到地下和炕上承接的盆器里，"泡儿"鼓起来一声，"泡儿"塌下去一声。

一如往年，地瓜秋收以后，羊子的眼睛就跑到了天上，与发小们同样跑上天的眼睛一道追逐云朵。地瓜秋收后，羊子最盼的是下雨，最怕的也是下雨。一下雨，看田的申挖洞就像条患风湿病的老狗，待在家不出门了，他就可以放心大胆地去套地瓜。看田也就是护秋，防止社员小偷小摸，包括套地瓜。天气晴好时，申挖洞在田野中神出鬼没，晚上一只独眼藏在手电后面，看田看得很紧。遗漏的地瓜硬烂在地里，也不许人去套。可是一下雨，母亲就忧心忡忡，怕屋子吃不消，某一刻突然散架了。

三间老屋实在是老了，时常从望板缝隙窸窸窣窣地掉土，还掉藏在椽条里的蠹虫，任凭母亲年年修补，也抵挡不住雨水的侵袭。那些承担着屋顶，从后墙上一直到窗外延伸成屋檐的椽条，在羊子印象中一下雨就苦兮兮的。一片一片的湿在屋顶上漫延，也阴影似的爬上母亲的脸。三间老屋是祖宗留下的，母亲早就想翻修，父亲活的时候就想，将不耐雨雪的白沙灰屋顶换成瓦屋顶，但一直心有余力不足。每年春雷从南方归来，母亲就心不宁了，把梯子架到屋檐上，用簸箕端着泥灰上房修补。

　　眼前的雨是傍午下的，是今年地瓜秋收后下的第一场雨。昨天吧，天还碧得像一望无际的西瓜地，可今天早晨，几片红霞烧完就阴了。吃过午饭雨下得更大了，也不轰隆隆抛雷，只是闷声不响地下，而且雨向也变了，由潲南变成潲北，砸着屋门的下方。砸碎的雨大多溅到台阶上，其余的从门脚钻进屋里，窜到门槛两侧的墙根去渗。

　　母亲从房上下来，用顶门杠重新顶好门。羊子影子似的嗖地跳下地，躲闪过承接漏雨的盆器，取下屋角横竿上的破毛巾递给母亲。母亲摘下草帽甩甩水，挂到原来挂的墙钉上，然后拿破毛巾擦擦脸，将额前的一绺乱发搂到耳后，也未换身干衣服，就揭起里屋的门帘，进去点着粮缸盖帘上的煤油灯，跪下来祈祷。母亲双手合十，跪在一圈圈用麦秸辫打成的垫子上，湿淋淋的腰板挺得笔直。几乎每次下雨母亲都会祈祷，祈祷老天爷下一下就收手。

　　母亲仰脸正对的里屋的后墙上，贴着一张烟熏气打得快与墙成一色的画像，羊子不知道那黑乎乎的画像为何方神圣，但他在村外的庙里捉蝙蝠时见过，画在高大的山墙上。在窗户糊得严严实实，大白天也昏暗的里屋，不点灯是发现不了画像的，而且也不能叫人发现。煤油灯是用用过的墨水瓶做的，母亲怕费油把灯捻剪得黄豆大。在屏弱的灯光中，那画像总有点瘆人，让他背上起鸡皮疙瘩，画像背后好似藏着机关，打开机关就通往另一个世界。

羊子重新坐回窗前，一边注视屋外的雨，一边留心里屋的母亲。门帘搭在门楣上，每次祈祷，母亲都不避讳他，屁股坐着双脚的脚后跟，跪在那里闭目祈祷好长时间。如果是夜里，只能看清母亲挨近灯的面孔，还有举在胸前的手，其余的身体隐没在黑暗中。祈祷时母亲并不出声，但肯定念叨着什么，母亲朝里屋门这边的脸，有时他能看到明显在动。如果还敬香的话，香烟会从插在粱糨盅里的香头猩红的黄香上，顺着后墙爬至屋顶，再掉转头盘绕而下，一部分从里屋门逸出来，在外屋弥漫了，粘附到屋顶、墙壁和窗户上，留下久久不去的香烟味。但敬香的时候极少，母亲怕不小心被香烟味出卖了，被来家的人发现搞迷信，再一个香也很难买到，除非"盲目流动"的小贩，偷偷摸摸地进村来卖。

等屋外雨小了，羊子便悄悄地下炕，拿过顶门杠溜出屋子。他脚尖点地，东一跳西一跳地躲过积水，钻进院西面的柴房里，把袖头和裤腿挽起来，脱下黑条绒布鞋，换上柴房里放的一双破球鞋，拎起锹和箩筐迅速离开院子。离开的时候，他脑后便长出第三只眼睛来，提防着屋里的母亲，害怕母亲突然出现在屋门口，从背后轻轻叫住他，你要干啥去？那样的话，他会后背拔了火罐似的一惊，乖乖地站住，说套地瓜去。其实母亲清楚他要去干啥，之所以那么问他，是心存忧虑，担心他被申挖洞抓住。

今天的提防显然是多余的，母亲并未出现在门口，但母亲祈祷完从里屋出来，一旦发现他不在了，就会明白他干啥去了。

羊子一出院门就朝街东头奔跑起来，为他今年第一次成功偷跑出去套地瓜兴奋不已。雨水泛滥的街上空空荡荡，用白灰刷写在人家房子后墙上的标语"深挖洞，广积粮，不称霸"，像刚刷写的一样清新。他左手拿着锹，右胳膊挎着箩筐，奔跑一段后又突然停住，返回来把院门里面的钉锔扣上，以防万一有人来了，母亲在屋里不知道。各家院门都紧闭着，他很想嗷嗷嗷地呼叫，像狗似的仰面朝天，却又怕惊动了人，院门吱呀一响出来碰上。

在村外一棵被雷劈掉半边，依然枝繁叶茂的寿椿下，羊子收住脚回头张望一眼，确信无人跟踪时，便钻进寿椿后面的玉米地。迎面而至的玉米发出喧哗，玉米棒子撞得他摇摇晃晃，如果叶子不被雨泡软了，会在他手臂和小腿肚上划出一道道的红痕。他猫腰钻出玉米地，又钻过两块高粱地，像要水扎了个猛子，站在地头呼哧呼哧喘气。衣服上沾着玉米须和高粱花，脸变得乌七八糟，汗水雨水分不清了。他是抄近处沿着田埂从地里穿过来的，若走车辙泥泞的田间大道，既绕远又不隐蔽。早在放秋假前，他和发小们就毛贼一样将村里的地瓜田趸摸得一清二楚，今天来的是村东的一块。

望着还站立的等待被收割的庄稼包围着，雨大时四面会发出沙沙响的地瓜田，羊子嘴一咧爆出个笑来。也就几天前吧，这片地里还人欢马叫，男女老少挖的挖摘的摘，其中就有他母亲，然后将收获的地瓜装上马车运回村里。傍晚收工以后，在老爷庙大殿屋脊上架着的大喇叭的吆喝之下，将一部分地瓜分给各家各户。

两个先到的并未预约的发小——木橛与铁蛋正在地里埋头套着。套地瓜也就是捡漏，寻找秋收时没有收净，遗漏在地里的地瓜。对羊子的到来，两个发小歪起头瞟了他一眼，就算是跟他打过招呼了。他心照不宣地回个笑，选择好一片地套起来，把收过地瓜的地再认真翻一遍。一大片地瓜田，有的地方已经明显翻过，在他们今天来之前，早有胆大者来套过。

被雨喂饱的地里，用锹翻起来极不利落，每翻一锹都拖泥带水，羊子很快就累得鼻头像熟了的红杏，收获却令他失望，只套住两三个瓜鲫子。他正要换个地方去套，锹下滚出一个泥哄哄的家伙，他捡起来抹掉泥土，是个牛卵似的大地瓜。

羊子一蹦老高，套住了，我套住了，套住个大家伙！

两个发小闻声而至，头碰头地围住羊子，看他手中的地瓜：一头长着几根粗壮的胡须，暗红的皮被锹割破后露出金黄瓷实的肉来。两个发小的眼立刻变成了鹰爪，于是也来争抢地盘。羊子举起锹说，我看你们谁敢来抢！

呸嗬，木橛撸起袖子说，这地是村里的，又不是你家的。许你套，就不许我们套？说着拿锹在地下画个圈，把一片地占住。就是嘛，许他套就不许咱们套？铁蛋也拿锹在地下画个圈，也把一片地占住。羊子急得大叫，你们再欺负我就劈啦！

木橛说，你敢！

羊子说，那你试试看。

木橛一动锹，羊子就劈了下去，木橛往后一闪，羊子没劈着人，劈到了锹头上，咣地火星四溅。铁蛋赶忙劝阻，你厉害你厉害，对木橛说，咱们走，让他套吧。木橛说不行，咱们跟他拉钩，要是咱们输了，就叫他一个人套。拉钩就拉钩，羊子丢下锹说。三个人将左手的中指弯成钩，将右手握成拳头举起来，齐声喊道：

公鸡斗架，山羊顶角，爷们碰酒，屁孩拉钩！

喊到"屁孩拉钩"时，三个人把左手的中指钳到一起，把右手的拳头在面前展开，木镢亮出的是"锥子"，铁蛋亮出的是"剪刀"，羊子亮出的是"斧头"。锥子敌不过剪刀，剪刀敌不过斧头，拉钩的结果还是羊子赢了。木橛耍赖要重来，铁蛋说输就输了，咱是套地瓜来了，又不是套命来了。铁蛋拉上木橛要走，羊子说算了算了，还是一块儿套吧，但是不能再吵了，吵来申挖洞就都套不成了。

发小三个重归于好，一面套地瓜，一面说说笑笑。木橛对羊子说，想不到刚才你还真劈我，太不够意思了。羊子停下手说，不够意思的是你，谁叫你抢我的地盘来。说着两人又杠起来，都怪对方不够意思。

铁蛋说，你们有完没完？

木橛说，你他妈就会拉软钩。

铁蛋说，那我叫他拿锹劈了你？

傍午下起的雨彻底停了，西天扯开一道大口子，像打开传说的天堂之门，万道金光倾泻而下。三个人挎着箩筐回家，来时都没有戴草帽，从头湿到脚，水珠扒在鼻梁上，牙龇白了相互取笑。箩筐里的地瓜用草掩盖着，其中铁蛋收获最大，有多半箩筐。

临近村子的时候，羊子望着天边的阳光，说太阳还没落山呢，咱们是不是等一等再回去，万一回去碰上申挖洞咋办？铁蛋和木橛都赞同，说碰上咱们就完蛋了。附近有个废弃的机井房，三个人便躲进去等待日落。废弃的机井用一块大青石盖着，拆去柴油机的地方一摊油污，还能闻到一丝机油味。他们都有些累了，拣个干燥处坐下，谁也懒得再说话。这时田野起风了，风浪一波高过一波，涌进门已拆掉的井房，像灌地爬子窝一样。

三个地爬子被风浪灌得毛哆嗦。木橛起身说，我给找柴去吧，要不咱们会冻死的。风浪退去时，木橛抱回一抱黑豆豆秸来，羊子见豆秸是干的，问木橛，你回家去来？问完了才觉得自己废话，他不回家去找到哪去找？豆秸不是干的还能生火吗？木橛"喊"一声，说哪能回家去呢，到郑老二羊圈上偷的。豆秸是打完豆子留下的，村里也给各家各户分，做饭时当引火柴用，但大都留给了放羊的郑老二，冬天作羊饲料喂羊。

木橛从怀里丢下豆秸，对羊子说，生火是你的事了。羊子抓一把豆秸揉碎了，揉出豆秸的绒毛来，然后叫铁蛋拿两张锹，锹刃对着锹刃，像打火镰一样打火。他就着打出的火星，先点燃豆秸绒毛，将燃起的烟一口一口吹浓了，再一口一口吹成火苗。

用手中的豆秸作火种，毕毕剥剥地生起一堆火来。豆秸易燃不耐燃，木橛怕一抱豆秸很快烧完了，又站到盖机井的大青石上，从井房顶上拆下两根椽条，用锹劈成五六截架到火中。羊子脱下破球鞋摔打摔打鞋上的泥污，就着火烤泡白了的脚掌。他问坐在对面的木橛，你现在最想干啥？木橛捏掉沾在裤头上的两个苍耳，说，等天黑了回家。他笑道，你呢？

我嘛，羊子看看身旁的箩筐说，最想的是回去咋吃这些地瓜。

咳，木橛嘴一歪，那还不简单，回去煮上吃呗。

羊子摇摇头，不能老煮上吃，得换一种吃法。

最好的吃法，羊子端起架势说，是把地瓜做成粉面，再把粉面做成细粉，炝上"贼麻花"，泼上油辣子，浇上老陈醋，与土豆丝凉拌了吃。铁蛋捡起一粒从火中蹦出来的黑豆，丢到嘴里咬着插话道，那也不算最好的吃法，最好的吃法是猪肉烩粉条，把猪肉切成拳头大的块子，再把粉条做得裤带那么宽，然后烩上一大锅。他用手比画着说，想吃几碗就吃几碗，吃得满头大汗，吃得满嘴流油。木橛听得鹅起脖子，好像一块肉卡住了喉咙，他生硬地吞咽一下，怒气冲冲地说，那是绝对不可能的事，那是绝对不可能的事，我娘煮着吃都数个呢！

看着木橛的样子，羊子埋下头吃吃一笑，他娘和木橛娘怎么竟然一样？甭说是猪肉烩粉条了，他说的吃法也只有过年时才能实现，还多是家里待客的时候。地瓜是口粮啊，必须精打细算地吃，把地瓜做成粉面太浪费了，一箩筐地瓜做不出多少粉面，剩下的都变成地瓜渣了。平时母亲根本舍不得，更何况猪肉烩粉条，不光是需要地瓜做粉条，还得花钱去买肉。不过猪肉烩粉条他还是吃过的，是在一位亲戚娶媳妇的事宴上吃的，每桌浅浅的一盘，转眼就被筷头抢光了。那样的猪肉烩粉条，他相信木橛和铁蛋也吃过，木橛同铁蛋较真的是，拳头大的肉块子，裤带宽的粉条，想吃几碗吃几碗。那可能吗？不仅木橛和他不相信，恐怕铁蛋自己也不相信，那简直是老虎吃天，大概只有做梦才能吃上。

铁蛋并不争辩，他就是做梦呀。而且在梦中就是吃过，舌尖拱着牙缝，半夜醒来还在咂嘴，像吮他娘的奶头。三个人都陷入沉默，脸上火光闪闪的，衣服上冒着热气。过了片刻，木橛长叹一声说，一颗地瓜半碗粮呢，拿回家就不由咱们了。说到这里，他猛地抬起头来，咱们干吗要等到拿回去吃呢，现在就可以烧上吃呀！

听了木橛的话，羊子和铁蛋也如梦方醒：

对啊，以前咱们就烧上吃过……

天终于黑下来，暮色笼罩了村庄。羊子回到家，院门呈八字状半开着，他张望进去，窗上黑灯瞎火的，该点灯了还未点灯。而且以往这个时候，村里不分粮不开会的话，母亲早把院门关了，如果他还在外面，不上闩也要扣钉铞的。他回来从门缝掏进手去摘开。

羊子感觉大不妙。其实这"不妙"，他下午偷跑出来时就有了，只是一出院门抛到了九霄云外。也就刚才吧，在村东口他与两个发小分手后，"不妙"又在他脑中冒出来，走在脚步稍微重一些，寂静就会像熟透的杏皮一样擦破的街上，愈临近家愈心提起来。他想今晚有好果子吃了，后脖颈一挺一挺的，思谋回去该如何应对母亲。

羊子硬一硬头皮，估摸一下两扇院门中间的宽度，便提气把小腹收缩了，脸朝东侧过身子，先将拿锹的左手伸进去，再将左脚跨过门槛，尽量避免触碰到院门。可就在他左脚跨进去的一刻，被藏在门后面的母亲从背后一把抓住。母亲抓着他的胳膊就势一拉，他将两扇院门朝两边哗地撞开，一个趔趄向前扑出去，抛掉锹和箩筐，撒落的地瓜东奔西逃。

羊子实在不知道，母亲已在院门口瞭过他几次，从街的这头瞭到那头，又从街的那头瞭到这头，最后一次瞭到他人影的时候，便躲到院门后面等他。母亲高举着笤帚，羊子吓得脖子一缩，跑已经来不及了，他只能双手抱住头挨打。但笤帚并没有劈头盖脸地落下，快落到他头顶时停住了。母亲关上院门，一把拽他回屋，点起灯审问他，你干啥去来？

母亲明知故问，羊子清楚母亲的意思，是要他主动认错，可他就不吭声。你哑巴啦？母亲拿笤帚的手一动，他就架起一条胳膊，护住脑袋往后退。突然间，他心里委屈极了，冲母亲吼叫起来，套地瓜去来，套地瓜去来，你又不是不知道，你又不是没看见！

院门前没有落下的笤帚，这时砰砰啪啪地落下来了：

你顶撞我，你顶撞我，你长大了不是？

母亲咬牙切齿地打他，咬得满嘴的牙快碎了。

一顿笤帚疙瘩吃过，羊子被母亲推到了屋外，垂头立在梯子旁的屋檐下，反后手去抚摸着背上的疼处，他不知道赌气走了好，还是去给母亲赔个不是。赌气走了他有点不敢，而且黑天摸地的也不知道去哪，可去给母亲赔不是他又不甘心，就一屁股坐到台阶上。自打父亲殁了，这是他头一次生硬地顶撞母亲，也是他头一次遭母亲痛打，如果父亲活着就好了，哪怕还瘫痪在炕上。因为母亲怕父亲生气，有什么都忍了，即便忍不住打他，也是轻描淡写的，不会像今天这么凶，就像打后娘养的。

一想到死去的父亲，羊子就鼻子发酸，鼻翼胀大了，却又不肯哭出来，就把注意力转向别处。薄明的天光下，南墙下的老枣树黑魆魆的，天空云开处有星钻出来，像冬天玻璃上的冰花。田野上泛起的潮寒流窜进村来，又顺着街越过墙头流窜进院子里，跟随潮寒而至的秋虫声，此刻一阵比一阵活跃。

台阶湿潮湿潮的，羊子越坐越饥寒。背上被笤帚抽得火辣辣的，屁股下却一股一股地凉气侵袭，在机井房吃过的烧地瓜，仅剩下打冷嗝打出来的煳味。他双手抱在胸前，肚子在叽里咕噜地叫，叫得他有些扛不住了，侧脸瞧瞧发黄的窗玻璃，正准备去跟母亲认错时，母亲从屋里出来，把一碗饭搁到他身旁。他端起来吃一口，竟是稠糊糊的地瓜饭，于是眼窝一热，两颗泪滴掉到碗里。

羊子把碗扣在脸上，吃净碗里的最后一口饭，起身站在门口，叫了一声娘。母亲没有回应他，他就提高声音，又叫了一声娘。见母亲还不应，他便硬一硬头皮，轻手轻脚地推开门进屋。屋里承接漏雨的盆器已收起，他看到炕上母亲已经睡下，自己的被窝也铺好了，便把碗筷丢到洗涮盆里，将破球鞋一蹬，两只脚交替着擦一擦，上炕脱掉衣服钻进被窝。钻进被窝了，他想起屋门还没有顶上，又下地用顶门杠顶上。用顶门杠顶门的一刻，他又想起院门口撒落的地瓜，很想出去捡回来，尤其是那颗大地瓜，可看看母亲作罢。母亲并没有睡着，等他重新钻进被窝后，吹灭放在灶台上的灯，警告他以后再不能去套地瓜了。

羊子回答，嗯。

再去套，你就甭回来了。

羊子回答，嗯。

明天天气好了，你跟我去收秋吧。

羊子回答，嗯。

那夜，一颗碌碡大的西瓜，流星似的从天而降，飞过大半个熟睡的村庄，砸穿羊子家的屋顶，把羊子的梦砸得火光冲天……

下

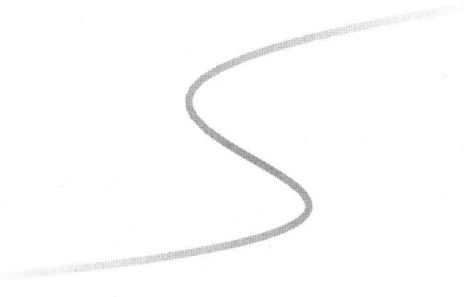

古鹤下街N号

后来，剃刀声占据上风，嚓嚓嚓，嚓嚓嚓，在头顶上游走。

这个"后来"，其实非常短暂，用游标卡尺去卡的话，也就两公分左右。我先听到的是絮语，像拿发黄的棉签掏耳朵，接着是细微的剃刀声，当透过呆板的塑料软门帘，看到屋里的情形后，剃刀声骤然亮了。那亮很锋利，一闪一闪的。

1

如不是从7月的汾河畔，一路天上地下辗转，来到中山岐澳古道上的古鹤村，我直到现在还估摸着，在别处会不会遇到这样的理发店。

整个一栋紧凑的小二楼，夹在街北沿街的屋当中。二层封闭的阳台，做了下层的屋檐，看上去就像寿星的额头。理发店开在下层，既无那种小理发店花哨的装饰，也无吆喝生意的招牌，一个蓝底白字的门牌，钉在门与窗之间的墙上：古鹤下街N号。

从发现它的那刻起，我就想那门两边，至少该有一副对联。比如：

磨砺以须，问天下头颅几许；

及锋而试，看老夫手段如何？

但是没有，只有门额上贴着一个过年时留下的横批，"生意兴隆"。横批下面贴着五张红洒金纸挂千，与横批一样还保持着鲜亮，没有被日子掉后头去，一口一口舔淡了。从街的一头走来，稍不留神就会错过去。

我所想的对联中的"老夫"，倒是非常适合店主人，五十大几的样子，穿着棉麻白半袖衫，七匹狼棉麻灰短裤，还有蓝塑料拖板，脸上慈微微地透着老到。那"老到"，若剖开脸去寻找，会看到盘根错节，与老伯的脉络相连。

听到剃刀声的时候，剪刀、电推、梳子都已经歇下，老伯正拿剃刀给主顾剃须、净脸、刮后脖子。但在我瞬间走神的眼中，那剃刀还在主顾头顶上游走，剃刀声也显然被夸大了，然后斜斜地剃下来，绕过主顾一边的耳朵，直至鬓角。

2

那瞬间的走神，也让我记起儿时的干鬼爷，与古鹤老伯差不多的年纪。

干鬼爷名副其实的干，尤其是一张瓦刀脸，干蹦蹦的颧骨能当钵盂敲，并且能敲出裂纹来。从头到脚的瘦，大概名字也不肥，村人便取而代之，不论辈分大小，都叫他干鬼爷。

干鬼爷除了会种地，还会嚓嚓地耍剃刀，父亲曾多次带我去找干鬼爷剃头。父亲也会耍剃刀，但必须先用开水把我站着的头发烫软了，他把我的头按在热气腾腾的脸盆里，一把一把往头发上撩水。我被烫得哇哇乱叫，比剃头的时候还疼，怀疑他要断子绝孙。

每当头发长熊了，需要剃的时候，我提前几天心就发毛，像大难临头一样，寻找种种借口逃避。父亲便和我妥协了，他不再给我剃头，带我去找干鬼爷剃。干鬼爷不用开水烫头发，用温水甚至冷水洗洗，就把我的头剃得光溜溜。那时也用推子理发，但要到镇上的理发店去，走十来里路无所谓，主要是要花一两毛钱。

那一两毛钱，别说家里舍不得，连我也舍不得，换成一分的钢镚，就是一二十枚，装在衣兜里欻欻的。尤其是跳跃的时候，在衣兜里活蹦乱跳。从学校放学回家，欻欻响的衣兜上，就像后来我见过的龟背上的藤壶，能扒一大把同学的眼球。

找干鬼爷剃头，我记忆最深刻的一次，是有次踏着能穿透鞋底，扎得脚趾头又麻又疼的积雪，跟着父亲嘎吱嘎吱去了干鬼爷家。干鬼爷正在火炉上炖着半铁铫猪肉，满屋的香气赶走了光棍的馊味。以前来了，那馊味总是劈头盖脸的，九香虫一样扒到鼻梁上，捆都捆不去。

干鬼爷抓了抓我的头发，叫父亲给我简单洗了洗，便从匣里面取出剃刀，把左腿屈起来，绷紧大腿上的棉裤，呸呸吐两口唾沫。他把棉裤当作璧刀布，啪啪蘸着唾沫，翻来覆去地璧几下，然后盘腿坐到炕头边，让我自己搬个凳子，在地下紧挨着炕沿坐好。脖子里围上他脏兮兮的毛巾，他一手撑着我的头发，一手拿剃刀开剃了。

在我头上游走的剃刀，一会儿悄无声息，只觉得痒痒的，那痒顺着头皮窜，窜过处像涂了清凉油。一会儿嚓嚓的，像收割紫苜蓿，如今再回想起来，更像是收割麦冬草。再准确些的话，就是剃刀在吃，嫩灵灵的草味，一滴一滴弥漫了。

3

在古鹤下街 N 号也一样，嚓嚓的剃刀声让我神思恍惚，想到了收割紫苜蓿，只是没有儿时那么强烈。也想到了麦冬草，剃刀吃得满口绿汁。

屋子也就二十多平方米大，东墙上装着一面大镜子，从镜中能瞭到朝后窗的一边挂着一台液晶电视，屏幕一动不动的，像早睡了，左上角待着"CCTV—6"，右下角待着"×××××"，那是一部几十集的电视连续剧的名字。

镜子朝前窗的一边，贴着一个大红福字，贴着两个金字对签，一个是"身体健康"，一个与门上的横批一样。下面是一个老式月份牌，前面的日子都撕掉了，明天要撕的是"2023年7月14日"。还有一条鐾刀布，那黑腻腻的破损的样子，一看就"阅刀"无数。一把锋口饱满的剃刀，鐾着鐾着就成一弯残月，更像一个腰勾了的老人。

在镜子上方，挂着一个圆脸盘电子表，再上方也就是屋顶上，垂挂着一个吊扇，三片扇叶都锈透了，已看不到浅绿色的漆皮，但中间的扇芯完好如初。镜子下方是一张理发桌子，皮老得斑斑驳驳，上面摆着一盆生机勃勃的富贵竹，与一台旧收音机。

老伯说那玩意儿有年头了，是当年惠州产的立桑牌收音机。老伯的话我多半听不懂，全凭中山的朋友小黄翻译与解释。小黄告诉我，老伯说那收音机老是老，但也不算太老。他拍拍主顾身下的椅子，说这才活成宝贝了。

老伯笑道，都一百来年了。

都一百来年了？哇啊！

越过那又高又厚，最下边十几层皮已剥蚀的"一百来年"，我们仿佛瞭到了民国割掉清朝的大辫子，自己还留着"后拽拽"的光景。

那椅子确实够爷们儿了，圆铸铁底盘、木雕扶手、木脚踏板、木靠枕子。"老"已经掩盖不住，但身子骨还倍儿棒，躺上去稳当当的，转动时也不龇牙咧嘴。躺在椅子上的主顾，把"一百来年"垫在背下，围着杏黄色围布，就像黄袍加身一样。

屋内就一张理发椅子，再有客来了只能等着，不愿等也不勉强。而且理一颗头仅十块钱，我们又惊叹起来，好像又隔了"一百来年"。等先前的主顾理完发走了，从广西来的朋友老李赶忙坐上去，也想当一下皇帝。他怕离开古鹤村，再遇不上这样的店了。

此刻的老椅，与那斑斑驳驳的桌子，仿佛由远道而来的我牵线，在为一个异域的素不相识者的话"作注"。韩炳哲在他的《非物》中说，"这些物具有绵延的形式"，那"同一张椅子和桌子，以一成不变的熟悉方式来面对每天都在发生改变的人。"

"面对每天都在发生改变的人"，老伯始终如一的"平和有礼"，他说他们家"三代理发了"。传承的手艺与德行，我想与那椅子一样久远了。"以一成不变的熟悉方式"，老伯理得不急不缓，理得一丝不苟，那份儿耐心与细致，让你明显感到：

躺在椅子上的人不满意他不会歇手，

他自己不满意也不会歇手……

4

与古鹤老伯的小楼相比，干鬼爷仅是一间泥巴小屋，盖在村边的一片枣树林里。盛夏的时候，被遮盖得严严实实，只有炊烟倔强地升起，才知小屋的存在，像干鬼爷站在屋顶上，站在枣树林上空。

那个嘎吱嘎吱的雪天，父亲袖手待在一旁看着，干鬼爷叫他坐他也不坐，时不时赞叹一声，您剃刀耍得好啊。父亲赞叹多了，干鬼爷就咕噜个笑泡，顺手将剃刀的刀刃一抹，将抹下的一丸污垢弹到地下。他说他听人讲，耍剃刀跟耍那东西一样，是个男人就能耍了。

干鬼爷问父亲，你比我懂得，是不是那么回事？

父亲忙点头，也倒是吧，也倒是吧，可耍法不一样。

头剃到半拉子的时候，干鬼爷停下手，揭过火炉上铁铫的盖子，撽片肉尝一尝，然后又撽起一片肉，让我把脸掉后来，喂到我嘴里说，干鬼爷牙口不行了，你替干鬼爷尝尝，看熟了没有。

我一下子"眙骇"了，干鬼爷给我剃头，还要给我吃肉，但干鬼爷不由分说，我下意识地张开嘴，接住那肥肥的一片肉，好像还掉了滴油，舌头一卷就没了。连牙都没动一下，哪知熟不熟，只留下一丝香，一丝幽魂似的香，挂在小舌上。

我转过头去，对父亲脸屈了说，干鬼爷硬要叫我吃。

父亲也"眙骇"了，接着张皇起来，说他娃一个，怎能尝了肉呢？

干鬼爷见我回答不上，就说肉大概还没有炖好，把铁铫盖上继续炖。剃了一阵子后，他又要我尝尝，又喂了我一片肉。给我剃完头，肉也炖好了时，干鬼爷撽起一片肉，又让我张开口，说干鬼爷再喂你一片。最后一片肉，我没有一下吃了，藏在一侧的牙背后，在回家的路上，明知道父亲知道，却也要瞒着他，把吃声噙在嘴里，悄悄地嚼了好久。

事实上，在剃头的过程中，我的耳朵早开小差了，专注的不再是剃刀声，而是那咕嘟的肉声，被香气线一样穿了，一串一串的。我的嗅觉从鼻孔钻出，有时撺着一缕香气，在灰暗的屋壁上紧追不舍。父亲我也看得出来，他努力克制着自己，眼睛避开火炉上的肉铫子，装模作样地看干鬼爷给我剃头，那时不时的赞叹其实也是在做掩饰。

那天，干鬼爷原本剃头就不疼，由于肉香的捣乱，我更是丝毫没觉得疼，很想叫他再多剃一会儿。干鬼爷却像以往剃完头一样，抚摸着我的头说：

娃啊，剃头，拍手，滚蛋。

5

从那个遥远的冬天抽回身来，转向神情专注的老伯，他手中已换上剃刀，一如前面的主顾，在给老李剃须、净脸、刮后脖子。在他侧面的后窗外，一片葱茏掩盖的小水塘，塘中的荷叶与塘边的芭蕉正旺，就像《红楼梦》里一句话说的："烈日炎炎，芭蕉冉冉。"

偶尔从后窗钻进来的热风，旁若无人地围着百年老椅，嗅一嗅椅腿上的朽味，扒拉扒拉地下的碎发，便掀起塑料软门帘的一角出去。门外的街上，对面看去湿浸浸的屋影，像水从地下渗出来一样，已漫延过街中间，把阳光快要挤到门脚下了。

告别平和有礼的老伯，一脚深地踏进阳光里，一脚浅地踏到阴凉中。两边的房屋绵绵延延，把街挤逼得曲曲折折，走在前边的目光，一不留神就撞到墙壁上。拐个弯儿过去，与拐弯儿之前一样，迎面碰到的只有宁静。喧闹被焖蒸的阳光赶跑了，有的躲到了树深处，有的躲到了墙影里，还有的躲到塘中的荷叶下。

街上铺的花岗岩石条，与老伯理发店的老椅一样老了。除了古鹤下街，还有角头街、古鹤中街、清泉街，由四条街组成的石板街颇有名气，路过的一所故居一处祠堂，一座牌坊一个旗杆夹，一棵古树一片老塘，都令你产生类似浮士德的恳求，"多停留会儿吧，太美了！"

顺着古鹤石板街的两头延伸去，便是从中山石岐到澳门的岐澳古道，只要在网上信手翻翻，有关的信息就纷至沓来。用很官宣的话说，"一度是海上丝绸之路的重要通道之一"，"沿途珍贵多元的濒海地区自然景观与丰厚的海上丝绸之路文化遗产相得益彰"，记忆着也见证着往昔的不同凡响。比如：

> 清道光十九年七月二十五日（公元1839年9月2日），钦差大臣林则徐与两广总督邓廷桢率员通过岐澳古道古鹤段，前往澳门巡阅海防。当时关闸前百名葡澳官兵列队欢迎，军官戎服佩剑，士兵荷枪实弹，"番乐齐奏"，场面热闹而隆重。

再再往前，还远没有岐澳古道，也就是距今八百多年的时候，在一片白鹤的舞蹈中，古鹤村的祖先于此扎根。八百多年生生不息，却又一如既往地保持着本色，在波涛汹涌的潮头之地，像大隐隐于市，活得闲云野鹤。

在古鹤上街到角头街交接处，建村之初曾面对的是一片汪洋，靠一个小码头出入。可八百多年沧海桑田，如今码头已被一棵古榕树占据，碧波也化为浓荫。站在高大的古榕树下，披着阳光洒金的袈裟一样的浓荫，我让思绪化作一只鸟，穿过叶隙飞到树的最高处，越过密密匝匝的屋宇，眺望着一年比一年增长的"远方"，替古鹤人"怀乡"。

就像玛蒂尔德·萨瓦托写的：

我怀念沙滩和高山，
还有那条靠近岸边的
蓝色的船，
它在等我。

一望烟光里

永远不要忽视一棵树

或一片水会告诉你的事。

——彼得·汉德克

　　心撒野的一刻，我开始怀疑自己的眼睛。

　　那绿如梦，尽管太阳高悬，脚下是巍峨的大坝，背后紧跟着自己的身影。

　　早在晋陕大峡谷的老牛湾，我就见过黄河之清，来以前纸上行走，也见过三门峡水库之清，但脑子就拐不过弯儿来。在我的想象中，流经三门峡的黄河，被大坝拦起的碧波，都该是浊的。

1

　　我的想象由来已久，但几十年过去了，它并没有成长，仍固执地停留在往昔。许多个冬日，我与几位发小下午放了学，吸溜着清鼻涕，被寒冷撵得无处可玩时，就老鼠一样聚到光棍毛六家，围着炕头的红泥火炉，听他讲述修建三门峡水库的故事。

　　刚开始，也就是毛六偶然讲起的时候，我们并不感兴趣，感觉离我们太远了，耳朵左顾右盼，听过几次才专心起来。每次讲述，毛六总是以炮声开头，嘴里"轰隆隆"的，脸上做出夸张的表情，眼珠子的一条腿跨出眼眶，好像爆炸就发生在面前。

　　我们一样眼凸了，顺着毛六的视线寻找，甚至满屋绕了一圈，捕捉冬天还活着的蝇一样，目光沾满墙上的尘土，最后又灰溜溜地回到他脸上。在毛六眼中，我们也没有瞄到想要看的爆炸的情形，瞄到的是比蚂蚁还小的我们，被他的眼吃了。

　　我们只好去想象，想象的依凭是看过的电影，比如《地道战》《地雷战》，白色的影幕悬挂在禾场上，一声"轰隆隆"就是一次爆炸，在三门峡的峡谷中回荡。

2

　　眼前的一切，与我的想象大相径庭，我的想象完全被四脚朝天地推翻了。毛六的"轰隆隆"声，那是曾经开山的炮响，一朵一朵从谷底拽着尾巴升起，然后烟尘四散地弥漫了，早被黄河浪昼夜不舍地卷去，或沉没于碧波之中。

在大坝库区一侧，两岸山脉拥镜相悦，晋地一边的山上，一座座风力发电机，像临水而栖的大鸟，有的影影绰绰。巨大的叶片抡起来，又像西班牙的大风车，把风搅得亮闪闪的，"老堂"正骑着他年迈的"难得"，手执盾牌和长枪，从跨世纪的天路上赶来。

库区的水愈靠近大坝绿得愈深，像塞尚"富饶的原野吃饱了绿色与太阳"，岸上莽莽苍苍的青山也像在水中生长，头朝下长成了深不可测的洞。那沉浸着的深，让我禁不住思绪跑马，跑到千载之外的汪伦踏歌的桃花潭。两郎依旧在，歌声化作桃花瓣，一瓣一瓣落在小船上，一瓣一瓣落在水里边。

把浪头折叠了，藏起的水，仰望着红色的门吊矗立的坝顶。游人手扶着栏杆在看它，半天空驻足的云也在看它。它曾是一尺一尺攀着坝壁涨起来的，每天羲和驾御路过抛下的日头，也一定是一尺一尺沉下去的，顺着那暗幽幽的深，像千年前落入桃花潭的日头一样。

我又策马而返，一路星火地跑到朱老造访过的梅雨潭，那"闪闪的绿色招引着"我，"开始追捉她那离合的神光"。迷乱间，一道无雨而现的彩虹，横跨晋豫两岸，彩虹下的青山绿水，化作神女：

从三门峡峡谷的远方，

黄河与天相接处，

像巫山瑶姬款款而至……

3

　　而我曾经的想象，它该是浊浪滔滔，包括被蓄的河水，就像多年后印证我想象的雨季不辨牛马的"壶口"。拎起壶倒一碗，放到当空的月下，能把月亮饼一样泡成糊糊。

　　毛六给我们讲述之前，我们只在书中读过黄河，在歌中唱过黄河，或在影幕上偶尔捡一眼，并没有真正见过黄河。那泥沙俱下的浊，更多是顾名思义，黄河不黄还能叫黄河？像父母日出而作的黄土地，不黄还称得上黄土地吗？

　　我们家乡最大的河流是滹沱河，落日掉进去会燃起满河火焰，洪水泛滥时会将沿岸的树林淹成泽国，但与如龙的黄河比起来，它不过是一条小蛇而已。当年我们几个发小，眼吊了把它拼命往大想，也不及黄河九曲万里沙，"浪淘风簸自天涯"。

　　毛六"轰隆隆"地说，斩断九曲黄河，在三门峡修建大坝，连大禹都不敢想的事，毛主席一句话，"要把黄河的事情办好"，就在三门峡建起了大坝。那大坝的坝堤，就像用城墙一道接一道垒起来的。我们问大禹是谁了，毛六说是个神啊。

　　我们面面相觑，那毛主席该是啥了？

　　毛六嘴一歪，这还用问？

　　骂我们，念书念成猪脑了，明天都放羊去吧。

　　修建大坝的人来自五湖四海，火热的工地上南腔北调，毛六给我们学起来，什么"歇歇侬""你气哪达啦"，什么"嘿实整嘛""哥利马擦"。他说听起来最溜,最爷们儿气的是北京话。北京话出门爱带儿,不爱带闺女,舌头打开嘴门后,满口儿儿儿的。当时,毛六给我们学了不少,但还能记起的,只剩下这残缺不全的几句了。

毛六模仿的时候,我们疑心他在骗我们,天底下还有这样的话?而且是啥意思,他又不屑给我们讲明白,大概自己也不懂,或者原本就是胡诌。但又觉得他说的是真的,因为我们最远只去过县城,即使县城的人说话,也和我们不大一样。

4

阳光铺天盖地,大坝上像往日的工地一样热火,游人一拨一拨的,他们同样南腔北调,在白发苍苍的老者中,我不知道是否有当年的建设者。

排队乘二号电梯下至坝底,来到大坝下游一侧,站在狭长的尾水挡墙上,仰望与峡谷肩齐的大坝,比在坝顶上看还要雄伟。目光变得吃力起来,攀岩一样攀爬着。那壁立的背后,水隔坝而望,脸若青铜兽面,但又十分温驯,像动物园里的老虎看你。

当年作为黄河第一坝,抛开别的不论,单单就坝的雄伟而言,在那个裤带紧了又紧,把肚子勒成小蛮腰的年代,也是一件值得骄傲的事。坝壁上"黄河安澜,国泰民安"八个大字,就是对那种骄傲的最好的抒写。

"安澜"了的黄河,在我第一次光顾三门峡的那个上午,大坝上下一派祥和平静，像菩萨的慈颜。在尾水挡墙发电区一边，下泄的水与库区的一样绿，一样的波澜不惊，一个个四平八稳的旋涡，翻上来又翻下去，打远处是看不出来的，几乎听不到喧哗。

在尾水挡墙的另一侧，也就是泄洪区这边，还不到排山倒海的时候，河床裸露的岩石透着褐色，残余的水东一摊西一摊。那泛着水光，或被阳光浇得深一片浅一片的褐色，也许就是三门峡历经千万年浪淘的底色。

十几只鸟在泄洪区栖息，用手机的摄像拉近了，有的一动不动地发呆，有的脖子弯了拿喙搔痒，也有的机警地注视着水中。一位游客告诉我，那些鸟是白鹭和苍鹭，到了冬天还会有成群结队的天鹅。正说着有两只鸟振翅而起，顺着峡谷渐渐飞高了，消失在远处铁桥的上空。

5

据说毛六原是吃公家饭的，但不知什么原因又跑回村里了。过去在外面好像也没干过别的大事，修建三门峡水库便成了他最大的骄傲。

他说每天干完活，脸皮能拧半盒脏水，肚子里像长出一只魔爪。玉米窝头吃得香，地瓜面馍吃得香，渴极了舀一碗黄河水，连泥带沙都喝得香。能吃上白面馒头时，他一顿能吃一"卡"。也就是手钩了，顺着胳膊往上码，一个一个码至肩头，馒头大点能码八九个，馒头小点能码十一二个。

我们听得目瞪口呆，问是大白面的？

毛六"日"道，不大白面的，还能叫白面馒头？

瞅瞅他的嘴，又瞅瞅他棉衣裹着的总有露肉之处的肚，我们是掩饰不住的羡慕，甚至看到了他的吃相，挖开脏兮兮的五指，铁叉一样叉着三四个馒头，劈口将其中一个咬掉大半。满脸乌七八糟，张开口的时候，口却狼一样的血红。

我们相信毛六吃过大白面馒头，热气腾腾的大白面馒头，但怀疑一顿会让他吃一卡。他一顿吃一卡，别人吃不吃了？再说了，国家哪有那么多白面，这个一卡一卡，那个一卡一卡，恐怕水库还没建成，就先把国家吃塌了。

可奇怪的是：毛六谝得越玄乎，我们听得越上瘾，便渐渐有了代价，他让我们给他买烟，说这么费力巴气地讲，连根纸烟也抽不上。他平时抽的是自家种的旱烟，二尺长的烟管在嘴里架起来，一袋烟就抽得满屋像炮轰了，把屋内驴一样的光棍味赶到墙缝里，赶到屋外边。

我们也偷偷地抽烟，但好烟想也不敢想，像芒果呀牡丹呀恒大呀，还有黄金叶、大前门什么的，买的都是辣嘴的劣质烟，比如经济烟或勤俭烟。这两种烟七八分钱一包，但整包的也买不起，即便买得起也舍不得，都是买拆开零售的，花一分钱能买两根。手头积攒下的毛数钱，需要细水长流，而且不光是买烟抽。

在毛六笑嘻嘻的要求下，我们轮流给他买烟，每次买四根劣质烟。他讲故事的时候抽两根，把剩下的夹在耳朵上，左耳朵夹一根，右耳朵夹一根。毛六夹上烟的脸，半边像村支书，半边像下乡干部，讲到声情并茂时，两片脸便隔着鼻梁打架。

也就是那个冬天，我们知道了有一种烟就叫三门峡，一盒卖三毛多钱。其实这种烟，村里的小卖铺早就卖了，只是在柜台里面的货架上，与那些我们已知的好烟摆在一起，我们没有注意它罢了。

6

三门峡烟的烟盒很漂亮，除了两面的"烟画"，整个儿是绿色的，看到它就会想到鸟语像柳叶一样翠的春天。一面印着往日的"三门峡"，一面印着建起的大坝，前面我说的"纸上行走"，应该包括这老早的烟盒。

当时给我们印象最深的，烟盒上大坝里的水是白的，"三门峡"竟是几块红色的石头，而围绕石头的水也是白的。我们不相信水会那么清，漂白了一样的白，那只是画而已。再就是"三门峡"，那几块散乱的石头，怎么看都不像"门"。

毛六给我们讲，三门峡是大禹治水留下的，留下的时候天老地荒。天老地荒的三道门，想象"人门"脑子还够用，想象"鬼门"和"神门"就烧脑了。晚上离开毛六家，我们在街上仰望着浩瀚的星河，想到了见过的破败的庙门，想到了见过的坍塌的古墓，想得几个人分手后，独自回家时身后紧飕飕的，有脚踩在我们头皮上。

相距几十年后，第一次站在这尾水挡墙尽头的我，努力寻找着那烟盒上的或在图片中已见过的"三门"，尽管我早知道它们作了"轰隆隆"的尘埃，被成千上万吨水泥与钢铁浇筑在坝底，连同曾经的惊涛骇浪与扳船号子，但是就想寻找到它们，哪怕一抹飘忽的影子。

结果可想而知，"望三门，三门闭"，我被"拒之门外"，见到的仅是几块石头中仍存的张公岛，还有"根随九曲深"的中流砥柱。这"一岛一柱"，铭记着"长风怒卷高浪，飞洒日光寒"，也见证着"青天悬明镜，湖水映光彩"。

在吃了闭门羹的一刻，那老烟盒再现于我眼前，我从中看到了三门峡的前世今生，"今生"便是毛六给我们讲述的故事的结局。烟盒上的水不假，由"浊"到"白"，再到今天的"绿"，它如梦但并非梦，从遥远的祖先"执念"的那天起，让黄河"安澜"的夙愿，真真切切地变成了现实。

借用考古讲求的一句话，叫"透物见人"。透过三门峡大坝，我们不言而喻应该"见"到的是什么"人"，如果在雄伟的坝壁上雕塑的话，便是当年那成千上万的建设者，没有他们大坝就不会矗立起来，没有他们就不会有现在的三门峡：

　　百花任你戴，春光任你摘……

　　　　　　　　　　　（贺敬之：《三门峡——梳妆台》）

了愿

第一次见到它时，你坐了一夜绿皮火车，哐当哐当。

1988年秋天的夜幕早从车窗上揭过，但脑中还像半壶泥水，没有晃荡清亮了，连笑顺着鼻沟流到嘴里都碜牙。正昏昏沉沉间，一个老师吆喝，快看啊，大海！

至少吧，至少半车厢的人，特别是他周围的人，脖子一下鹅了，脸朝向一侧的车窗。车窗外仿佛掀起一阵烟尘，众目光撑着他冲出去的叫声，去看大海。

1

老师吆喝的时候，火车正在奔西安途中，它再啃几个小时的钢轨，你们将在古都开始学校组织的为期一周的旅行。中秋节刚过，晋北已凉意张狂，晋南抓把空气还能吹出针芒来，而且越走越热。满车厢的"火车味"中，不时窜出水果味来，还有发烔的月饼味。

但转眼间被驱逐得一干二净，驱逐它的是扑进车厢的灼光。就在你们的目光涌出车窗，乱纷纷地去看大海时，大海的光也潮水般扑来。整个车厢哗地一亮，包括眼窝、耳道、鼻腔，灌满每个孔隙，把拥挤赶出来，泡沫一样漂浮了。

那亮白花花的，把你的脑子淘得像多年后见到的礁石，直到大海的光又迅速退去，你才看清它的面容。转瞬间的一切，就像发生在镜中。海面上不见一个浪头，不见一只鸟影，更没有什么船了，远山隐隐约约，与天与海几乎融为一体，光雾蒙蒙的。

每一双目光在车窗外追逐的眼睛，可想而知地睁大了，嘴里下意识地发出或轻或重的赞叹。但奇怪的是，没有一个人表示怀疑，直到一位女乘务员过来，见脑袋扎堆地瞄着窗外，好奇地问过一个旅客，才说那不是大海，是运城盐湖！

说着咯咯笑起来，运城，怎能有了大海？

脑袋扎堆的人一愣，硬僵僵地收回目光来，转向女乘务员，如梦方醒地说，就是啊，运城怎能有了大海？但并未说出口，只是把话写在脸上。

2

女乘务员唇红齿白，你们被笑得很尴尬，心中比别的旅客狼狈多了，因为你们是一伙中学老师啊，尽管她并不知道你们的身份。尤其是那位吆喝的老师，像一根被暴晒的雪糕滴滴答答。事实上，他与其他老师一样，并非真不知道运城怎么会有大海，多半是一时兴奋得脑短路了。

那其他老师，自然包括你了。你再看窗外即将被火车甩到身后的大海，便不再那么辽阔，也就是个大湖的样子。在此之前，你第一次出远门仅到过北京，大海只在影视、书本或梦里面见过。你无法忘记那尴尬，渐渐变成了向往：

有天，一定要去看看大海，

一定要到误当成大海的运城盐湖走走！

大海自不必说了，而来运城盐湖，终是阴差阳错，团揉了一声叹息，直到三十五年后才如愿以偿。尽管与曾经的季节，不是同一个时段。如愿的一刻，你与朋友站在6月的盐湖边，饱受"南风"之"薰兮"。倘若风是五千年循环不变的，便有可能来自上古，但非歌中的和煦，而是热烘烘的近乎燎人。

傍晚的阳光，挥手撷一束的话，能玻璃丝一样，一根一根抽出来。经受了阳光的洗礼，绵延的中条山不见烟岚，沿岸的楼群"光明磊落"，连"南风"热是热，也像用算滤过一样。湖中波澜不惊，一条条的路或堤埝，越往远处眺望，断断续续了，越像大鱼的鱼脊，沉浸的"大鱼"享受着梦幻时光。水鸟只有飞起来，才能看到它的身影，转而又消失在湖光山色中。

3

在鸟消失的湖深处，两列火车跨时空而来，一列载着三十五年前的你，一列载着仅仅两小时前的你。前一列一如既往地哐当而去，后一列收起呼啸缓缓停下。

走出"D1673"，向远去的那个把头探出车窗的你挥手致意，告诉他此行的你是来了愿的。那个他懂得的向往，大海的一半已了，来了剩下的另一半。在宾馆丢下行囊，朋友就带着你徒步来到盐湖边，中途走街串巷，两人穿T恤的胸前都被汗浸了。

朋友是河东子弟，也是研究河东文化的专家。当你在湖边与他讲述往事后，朋友像站在他家乡的秋风楼上，遥望着黄河一样说，你们那位老师吆喝的其实也没错，老早以前这里还真是大海。往后沧海桑田，便留下这盐田，留给他们河东，被珍视为"国之大宝"。

朋友之言，和当初你们另一位老师说的一样，运城盐湖不是大海，但它是滔滔大海的馈赠。这位老师是代副课的，也就是地理和历史。经历前面的尴尬之后，那尴尬仿佛是他造成的，在剩下的绿皮火车载着的旅途中，只要得便就把话接起来，给你们讲解一番。

他说你们吃的盐，就来自运城盐湖，叫"本地盐"。你听后眼又睁大了，想起小时候的六个六。六个六掌管着村里的小卖铺，常神一样立在水泥柜台后面，背着手或一只手抓着柜台上的算盘，从灰蒙蒙的窗玻璃上，似看非看地望着屋外，嘴嗫嚅的，偶尔嘎嘣了，蹦出唾沫星来。

对你们这些臭小子，如果不买东西的话，六个六就视而不见。你们也不敢胡闹，否则就会被轰出去。小卖铺内静静的，一种特有的香味在窜，弯弯绕绕的，扒到衣服上能带回家。那香味五色线一样，能闻出糖和饼子的味道，能闻出油和酱醋的味道，还有烟酒的味道，但没有盐的味道。

水泥柜台有六个六半人高，你们扒着表面磨得发亮的柜台，望着里面货架上的东西，顺着货架看过来，又看过去。听到嘎嘣声时，你们立刻转移注意力，老鼠一样从货架跃到他嘴上，又被他的一张嘴吸引了。

你们最初认定六个六是在吃冰糖，馋迷迷地盯着他的两片幸福的厚嘴唇。直到有次你们凑了四分钱，用两分钱买四根"勤俭烟"抽，用两分钱买几粒冰糖吃，而且就买他吃的那种冰糖。六个六听后，脸上少有地堆满了笑，说冰糖不用买了，一人送你们一颗。

你们惊叫道，娘呀！

眼睛比嘴还张得大，真的一人送我们一颗？

六个六收回笑去，八胡子翘了，我啥时候说过假话？

但条件是，你们必须把眼闭上，吃到冰糖后不能吐出来。

4

那天的情景，即使此刻站在盐湖边，你回想起来也如目前。你们规规矩矩地闭上眼睛仰起头，像一窝鸟仔张开口，接住六个六喂的冰糖后，并没有尝到预想的甜头，却越抿越咸以致发苦，把脸都扭曲了。原来他吃的并非冰糖，而是盐颗子。

六个六的盐颗子，就放在柜台下面的礤缸里，用碗搲的时候欻啦欻啦的，倒进秤盘里欻啦欻啦的。遇上阴雨天，欻啦声带着潮气。那时没有绵白糖一样的细盐，都是生硬的粗盐，除了腌菜直接撒到菜瓮里，平时吃必须用蒜臼捣碎了。

"冰糖"的滋味刻骨铭心，六个六那粒盐真来自运城盐湖的话，你早就与这湖有缘了。便应了那句古话，有缘千里来相会。同时带着一个儿时的疑问，六个六为啥不怕咸呢？他吃盐颗子的时候，你们从没有见他喝过水。

在朋友的讲解中，你的思绪天马行空，追溯那粒盐的身世，你看到了盐的来之不易。在无边的蔚蓝色中酝酿，然后经历了天翻地覆的巨变，在大海丢下的这片浩渺中"水乳交融"，最后被开采出来。开采的过程，就像有人描述的，"和种庄稼一样，开垦土地，小心灌溉，关注天时，盐民就如农民"。

铲盐日当午，汗滴畦中卤。
谁知家中盐，粒粒皆辛苦。

5

太阳在湖西头宽衣解带，在湖东头出浴一样醒来后，你和朋友又来到盐湖畔。朋友说昨天先点个卯，今天要好好看看。当然，今天来的不光你两个，同行者几十人。

阳光很快长出"针嘴"，像荷叶款款的早晨，一夜的潮与露被晒干了，焦灼的叶边缘开始卷起来。风热情洋溢，围绕湖边的树时，大树如大泉翻滚，小树如小泉翻滚，沸腾的绿水四溅。

和昨天傍晚一样，湖中波澜不惊，只闻鸟语不见鸟影。

你耳朵左顾右盼，想象着——

火烈鸟在叫，

反嘴鹬在唱，

天鹅在呼唤……

有的想象显然不对，还远不到叫声主人归来的季节，但你仍固执地想象着，甚至企图在天空捕捉到它的身影。可蓝天无痕，几朵赶路的白云汗涔涔的。湖面上仿佛下白雨，却不见"大珠小珠落玉盘"，包括奔腾着歇下来的中条山，恍如仙境之中。

那仙境之中有传说，黄帝战蚩尤啊，伯乐相马啊，或发生在盐湖畔，或发生在虞坂运盐古道上。在月明星稀的时候，遗漏在蹄洼或车辙沟里的盐，仍爆着美丽的盐花。那美丽是七彩的，就像施展了魔法，飞上天便成晕珥，便成横跨天河的彩虹。

"冬出硝，夏产盐"，"千古中条一池雪"。"千古中条"在，但由于"退盐还湖"，"一池雪"几乎看不到了。你看到的是，它已化作一叶洁白的梦，在依旧的"南风"中飘，在浩渺中随波逐流，然后悠悠地沉入湖底，与那些千年前的梦，沉浸在一起。

梦中的盐湖的"雪"，让你想起杨梅蘸吃的吴盐，当下就想在湖畔燃堆火，与众朋友搞个野炊，像李太白一样，"持盐把酒但饮之"。或学宋人，捉条"雪白肥鳜"来，请"揎腕佳人，玉手纤纤"地做成汤，然后滴上一点儿醋，加上一点儿酒，撒上一点儿盐。

但醋，一定要老陈醋；酒，一定要老白汾；盐，也一定要潞盐。把"南风"当作羽扇，扯片白云做成纶巾，坐拥"国之大宝"，晋味十足地边品味边听舜帝抚琴：

南风之薰兮，

可以解吾民之愠兮；

南风之时兮，

可以阜吾民之财兮。

（［先秦］《南风歌》）

折一朵紫薇献给朱鹮

1

　　我压根儿没想到，会隔着一层网见到它。

　　而听说它，是老早的事了，我上师范的时候。那是在一个楼下丁香花挤挤攘攘，香气从窗户爬进三楼教室的下午，我与同桌在美术课之余，看书中一幅《墨竹图》（局部）。作者是明代画家朱鹭。美术老师踱过来说，这佬可是画竹高手，一生爱竹如命，曾在华山草棚里，为观竹一住几个月。

　　临末，老师说，他的名字，也是一种鸟的名字。

　　同桌坏笑道，那他是个鸟人啊。

　　老师瞅了同桌一眼，说朱鹭是一种大鸟。可大到什么程度，他再没有说。我和同桌曾猜想，有公鸡那么大，有野鹅那么大，有雄山雉那么大。雄山雉一身美丽，飞起来尾巴飘飘的。

而知道朱鹭就是朱鹮，开始有心认识它，是距离那个下午多年以后的事了。因为它的极度濒危，媒体上大张旗鼓地宣传保护它。我看到了它的照片，再往后又看到了它的视频。它的叫声，听起来"哇哇"的，伸直雪白的脖子，呼唤着什么。

朱鹮与雄山雉一样美丽，但比雄山雉含蓄、优雅、尊贵。尤其是站在高大的树冠上，两条修腿支撑的身影，犹如一尊天造的艺术品，是名副其实的"鸟美人"。

2

在见到"鸟美人"之前，我与朋友们已在秦岭中行走两三天。

几乎每天，太阳都像弥勒佛当空，一下车热就扑上来，两爪如金毛犬一样搭到我肩头，裤子被呼地扑塌了，腿上的汗毛火燎似的。在陕南金钟村，气温超过四十六度，知了像趴在和尚头上叫着，热死了，热死了。我身穿的黑T恤，与另外准备替换的两件黑T恤，在几天中，每件背上都留下一幅"地图"。

但再热也心甘情愿，我就是想亲历一下秦岭，爬爬这道"和合南北、泽被天下"的分水岭，逛逛这个丰富多彩的动植物王国。东望"举头红日近"的华山，西眺"去天三百里"的太白，如果天赐我缘的话，会会那个"披云卧松雪"，从大唐卧于今的绿发翁。

在此以前，我曾四次途经秦岭，一次是坐绿皮火车去重庆，哐当哐当地，经过的时候正好夜里，比平原上漆黑多了，窗外偶尔闪现的灯火，像掉进沥青里。再一次是去成都，从飞机舷窗俯视，几朵白云飘着，清寂的群山如沉水底，山顶的树个个侏儒，仰望着天上，只有筷子那么高。

剩下两次是纸上打卡。一次是上初中时候，那是我初识秦岭，《地理》课本中的秦岭，仅是地图上一段加粗的黑线，看久了虫似的。另一次是读贾平凹的散文，《商州初录》与《商州又录》，掖在秦岭衣褶里的故事，至今在目：

> 主人便将一条扁担放在炕中间。旅人明白了，闭了眼睛睡觉。那灯耀得睡不着，媳妇不去吹，他也不敢动身去吹，灯光下，媳妇看着他，眼睛活得要说话。旅人就赶忙合上眼，但入不了梦，觉得身上有什么动，伸手一摸，肉肉的……
>
> （贾平凹：《黑龙口》）

3

热依旧一泼一泼地浇，或如特朗斯特罗姆的诗，"炎热静静地躺在柏油路上"，被车碾得啪啪响，仿佛碾碎白亮的泡泡膜。那几天，流行着一个热词叫焖蒸，焖蒸着莽莽苍苍的秦岭。

阳光铺天盖地，绿也铺天盖地。顺着一道山谷望进去，大山一重复一重，笼罩着淡蓝的山岚，好像蒸起来的烟，但并不影响它的层次，越往里山色越浅，最后与天融为一色。同我去年深入昆仑山，在无人区目睹的大山一样，有种仙境的感觉。那缥缈之处，似有仙人玉树临风，可闻环佩之响。

铺天盖地的绿，包括了许许多多植物，从珍稀的到普通的，整个秦岭有三千八百多种。（而我能认识的极其有限，从手机里请出"识花君"，也未帮多大忙。）其中有朱鹮仅剩下七只的时候，高高筑巢的青冈树，有明代朱鹭终生为伴，与青冈树一样常见的修竹。

除了蝉噪，几乎听不到鸟叫声，都像躲在林深处，摘一片叶子顶在头上消暑。

绿得静悄悄的，"一鸟不鸣山更幽"，唯有花争妍。

绿得与海与湖与塘分不清，向塘中投一块石头，会击起松尾芭蕉的俳句：

青蛙跳破镜中天，叮咚一声喧。

4

被热浇的寨沟村，像一枚树叶隐藏在森林里一样，隐藏在陕南秦岭腹地的碧海中。"深蓝的天空、如黛的青山、洁白的村舍、金色的田野，构成了一幅陕南山村水乡如诗如歌的画卷。"

这是一位驴友写的，欣喜之情溢于言表，如我在秦岭中遇到的向日葵。他来时稻花飘香，而我来时刚刚立秋，比我看到的寨沟还要美，一派五柳先生笔下的风光。也正是这"优越的生态环境，迎来了国宝朱鹮在此落户"。

见到朱鹮的时候，是在寨沟野化放飞基地管理站，十几只"鸟美人"待在十二米高的绿色网笼中，在"过渡饲养区"经过野化训练后放飞。周围山环水绕，密林郁郁葱葱，网笼里的环境与野外相似，有树有草有"水田"，"水田"中投放着它们喜欢的食物。

以往看图片看视频，都是通过别人的眼睛，而今是亲眼见到。我把脸贴在网格上，从头到尾端详着它们，印证那"读"过的美丽："头戴柳叶形羽冠，额至面颊呈鲜红色，双腿修长而瘦，脚掌火似的鲜亮。全身羽毛以白色为基调，体态高挑优美，素有'鸟美人'之称。"

此外，我还想看到它们的浪漫爱情，"抹黑"自己去撩妹撩哥。雄鹮打扮酷后，就衔"连理枝"献给雌鹮，殷勤地表达爱慕之意，如果雌鹮接受了，即可抱得美人归。

当然，我还想看到它们如何"孵养"后代。产下爱的结晶后，夫妻轮流"坐班"孵化，一个守护在巢中，一个去觅食或休息。小宝宝长大了，再教飞翔教觅食，直到它能够独自生存。

十几只朱鹮晾在架上，有的并排而立，有的独自站着，都气定神闲的样子，孤高地享受着傍午的时光，懒得理我们这些旁观者。隔会儿换换位置，隔会儿理理羽毛，隔会儿振振翅膀。一如我曾经"读"过的美丽，但我"还想看到"的，还得借别人的眼睛去完成。包括它的叫声，它飞翔的身姿：

　　扇动欢快的翅膀，羽毛犹如胭脂般绯红，伸着长长的脖子，"哇——哇——"地叫着……

5

据说，在几千万前的始新世，已现"鹮祖"的身影，在森林广袤的地球上，与其他鸟类的"鸟祖"一同生活，一同在蓝天上翱翔。

从始新世到濒危至极，也就是仅剩下最后的几只。在20世纪80年代初被发现的那个黄昏，朱鹮经历了地球的千变万化，经历了人类出现后人世间的沧海桑田，在自然与人为的种种劫难中生存下来。中途留下的身影化作云霓，像它飘落的一片片羽毛，夹进岁月的书页。

被人吟诵，也被人拿来自况：

其一

因风弄玉水，映日上金堤。
犹持畏罗缴，未得异凫鹥。

其二

闻君爱白雉，兼因重碧鸡。
未能声似凤，聊变色如珪。
原识昆明路，乘流饮复栖。

（［南朝梁］王僧儒：《朱鹭》）

也许，正是物竞天择的磨难，养就了它们的"高洁"，像秦岭独叶草一样对环境挑剔，像双角犀鸟一样对爱情忠贞。只有山清水秀，只有生死不渝，方可完美一生。它们对爱情的忠贞闻名于人世，"如果伴侣死亡，它们会终身不娶或不嫁。如果随意地把无'夫妻关系'的雌鸟和雄鸟放在一个笼子里，它们也不会交配"。

令人对这根"苇草"敬羡：被誉为"爱情鸟"，还被誉为"吉祥鸟"，会给人世间带来祥和平安。

令人对这根"苇草"珍视：与大熊猫、金丝猴、羚牛并称"秦岭四宝"，是瑰丽的"东方宝石"，在秦岭的碧海中闪耀，在"万物之得时"的东方大地闪耀。

6

穿越几千万年的星空，从老早身影联翩的"繁荣昌盛"，到后来生存焦灼的"惊鸿一瞥"，再到如今备受呵护的"儿女成群"，它们已成重获新生的古老"鸟仙"。

在寨沟"鸟仙"野化训练基地，我应接不暇的眼中，熟识的核桃树已结出青果，玉兰树镀了蜡似的光洁，月季正开得争奇斗艳。池中"罗裙一色裁"，那田田的荷叶之下，一定有"鸟仙"爱吃的小鱼、小虾、泥鳅。而在来的路上，沿途的紫薇繁花似锦，我突然想返回去，折一朵献给"鸟仙"。

传说紫薇是紫薇星下凡，为了监管"年"而长留人间，给人间带来了平安、美好、幸福。紫薇是花中仙子，"鸟仙"是鸟中仙子，将仙子献给仙子，让它们永驻"人间天上"。

献给"鸟仙"的时候，我愿紫薇如莲，像电影中的慢镜头，一瓣一瓣绽放……

"雨露"忽远忽近

当然水大了，将整个峡谷翻滚，从谷底到山顶云雾缭绕。

我在思茅河上漂流，先骑着波尔多桶，后换乘儿时洗衣的大木盆。太阳钻出云层跳入河中，与我一道追波逐浪。"血"浪花劈头盖脸，浇得两眼生涩，满口吐着硌牙的河腥气，像吞下一条泥鳅。我漂啊漂的，不怕自己被河吃掉，却担心由一块块长条小木板拼对，上下打着两道铁箍的木盆，触礁撞散了。就在我担心多余的时候，大木盆被一个浪头颠覆，屁股朝天地扣到水中。在颠覆的一刻，我浑身生出弹簧，从河中跳回床上。

后窗外，哗哗的雨已息。退去的雨脚泛着大海退潮一样的白茫茫的泡沫，越过周遭的莽莽苍苍，跟着隐隐的雷，在万掌山林海中愈来愈远。走出万掌山林海，出现在与其相衔的天空中。此刻若掀开夜幕，像必胜鸟骑在盘旋的老鹰背上，俯瞰思茅河，它一定带着红土地的颜色，在普洱大地上蜿蜒如血管，但远不及我梦中的它水大。

在亚太森林组织普洱基地，我躺在"傣族B-1"木屋的床上，耳朵承接着"雨露"的滴答。起初是成串的，从屋檐上挂下来，经过半启的后窗，像帘珠一样。渐渐地"珠"稀了，间歇越来越长，最后仿佛剩下一颗在滴。滴溜溜的，吸纳了周围的"光景"，在屋檐上拽大了，拽出葫芦把儿，实在拽不住了才落下。落下的时候不紧不慢，有一丝明亮地牵着。丝断了，丝头先弹起来，顺原路绷回去，接着又落下来，蛛丝一样飘忽。

"雨露"滴答的当儿，风探头探脑地爬上后窗，像松鼠站在窗台上。它抖抖身上的湿，用前爪将额头的毛梳理光滑，环顾屋中，尾巴一翘放大胆子。它两颊鼓鼓囊囊的，很是多管闲事，简直到了目中无人的地步。它从窗台跳到我床上，又从我床上跳到地下，围着我的纸质拖鞋转了一圈，然后从床底下钻过去，溜到门虚掩的卫生间，窸窸窣窣地搜寻。从里面搜寻到外面，将潮湿隐藏的霉味赶走。取而代之的是木香，从四壁与屋顶一行行原木板条排列的缝间，从原木板条明显的瘢疤中，黄粉虫拱土似的爬出，小心翼翼地弥漫开来。

我被带回儿时的光景，围绕某户盖房的人家，村庄像在举行一个仪式。盖房的场面盛大，一根挑着一块画着金乌的红布的木杆，高高竖立在场地中央。所有的工匠精神抖擞，干着各自不同的活计。木匠油亮的光膀推来拉去，一根根粗壮的木料，被锯子截出一圈圈年轮，被刨子推出一波波水纹，与木屑和刨花一起散发着木香。让人闭目沉浸，周身"醚"漫，连指尖都能感受到，如果针砭一下，就会血珠一样渗出。它是树的体香，来自树的骨子里，尽管用来盖房的树，早变成了"木料"。

风已走，从来时的地方。临走的时候，它仍不忘跳上床头柜多管闲事，毛手毛脚地将台灯下我睡前看过的合上的书，从折页处重新打开。被折的文字中有它的影子：

一五　他们

在大芭蕉叶的宽阔阴影下，他们和平地生活着。——他们的家在从东京乘火车要足足一小时的海滨某镇上。

一六　枕头

他枕着散发玫瑰叶香的怀疑主义，读着阿纳托尔·法朗士的书。可是，他没有注意到枕中还有半人半马神。

一七　蝴蝶

在充满海藻气味的风中，一只蝴蝶在蹁跹飞舞。一眨眼的工夫，他感到这只蝴蝶的翅膀碰了一下他那干燥的嘴唇。可是沾在他嘴唇上的翅粉却在几年后还闪着光。

一八　月

他在某饭店的台阶上偶然遇见了她，就连在这样的白昼，她的脸也跟在月光下一样。他目送着她（他俩素昧平生），感到从来没有过的寂寞……

（［日］芥川龙之介：《罗生门》，高慧勤译）

后窗外，"雨露"的滴答还在继续。我看到三个头皮剃得发青，脑后留着"后拽拽"的光头孩，轮流站到老屋屋檐的一个出水口下，像小鸟待哺的样子，仰起头张大嘴，承接从出水口控下来的水滴，也就是"雨露"。水滴除了偶尔啪地砸在他们鼻梁上，他们忽地从出水口下跳开了，用手抹着脸嬉笑，一般都准确地落到了他们口中。

最初水滴一入口就"炸"，满口淋漓尽致。待有了经验，他们用口接住的一刻，顺势轻柔地缓冲一下，再用舌头托起，水滴便完好无损，像有膜保护着，在舌头上滴溜溜打转，然后钻进期待已久的喉咙。在近乎游戏的陶醉中，他们几乎能看到它，如乘滑梯，顺肠道一路而去。他们用手夸张地捂着肚子，有一个提出像什么时，都不约而同地想到了葡萄。

那时，在他们所能想到的五颜六色的水果当中，最奢望的就是葡萄，灿若星辰。在他们留"后拽拽"的年代，他们几乎吃不到葡萄，平时都难得一见。被想象的水滴先化作紫色的葡萄，由三几粒到一嘟噜，非常像年画上的样子，接着化作淋漓的葡萄汁，极力与他们记忆中吃过的一次相符甚至超过了，然后被肠胃贪婪而又小心翼翼地吸收。那种感觉，直到他们挎起书包，多年后跟汉字混熟了，才找到一个可形容的词汇：沁人心脾。

此刻，被颠覆的大木盆带走睡意的我，虽未像儿时那样张大嘴，从后窗探出头去承接"雨露"，但一样感受到了它的"沁人心脾"。它是从与当年老屋一样的半坡状的屋顶上控下来的，也是从"茶始祖"宽叶木兰化石中渗出的，悬挂在屋檐头，悬挂在屋外门前的山茶花和凤凰树上。山茶花结满花苞，有的满脸青涩，有的面颊绯红，芳心烂漫地亟待绽放。凤凰树素面朝天，大概是刚栽下之故，像个傻丫头片子，对别人的花枝招展视而不见。

除了山茶花和凤凰树，环绕我下榻的木屋，还悬挂在其他数不胜数的花草树木上。其中有水蔗草、金毛狗蕨、刺蒴麻、毛轴蕨、白鹤芋、岩木瓜，有红粉扑花、吊灯扶桑、南美水仙、鼓槌石斛、穆氏文殊兰、梭果玉蕊，有琴叶珊瑚、星花凤梨、白花杜鹃、大叶藤黄、中华桫椤、云南肉豆蔻，当然还有漫山遍野的青冈栎、西南桦、思茅松。

思茅松修长而挺拔，如果"桃花县令"从西晋来会，也一定会感觉相逢恨晚。走进茂密的松林，一棵棵竞相向蓝天生长，每一棵都干净利落，通身很少"横生枝节"，直到顶端才枝叶交错地撑出一片绿云。被割过松脂的思茅松，留下难以愈合的伤痕，割下的松脂会熬成松香。它让我记起初中时的一位老师，许多个夏夜下了晚自习，坐在校园的一棵枣树下给我们拉二胡。每次拉之前，他要用一块类似杏树胶的东西擦擦弓毛，第一次拉的时候他告诉我们，被擦的弓毛是用马尾做的，那用来擦的东西叫松香。我们自然熟悉马尾，可绾成索套套鸟，可勒掉手臂上的瘊子，但松香只是听说过，更不知道它用啥制成。

至于拉的曲子，他每次都告诉我们曲名，有的我们能听出好来，有的根本欣赏不了。给我印象最深的是《二泉映月》，除了他拉得好，也跟"泉"和"月"有关。但那晚并没有月亮，校园内唯一的一盏点亮时像金刚怒目的路灯，把枣树的身影抻得很长，折起来搭到院墙上。他先拉了两三个曲子，然后才拉《二泉映月》。拉前面的曲子他眼睁着，拉《二泉映月》时眼闭上了。那时候，我们已认识如痴如醉，也结交了如泣如诉，但还不会运用它们，只觉得他拉得很上心。头晃悠悠仰后去，又晃悠悠转前来，一副酒喝高了的样子。

可他并没有喝酒，我们便悄悄掏耳朵，老师是不是病了？

一个补习班的大同学，立刻咬牙切齿地说，那不是病，叫陶醉！

在老师陶醉的二胡声中，我想象着二泉映月，把脑子吹气球一样尽力往大吹，想吹出"泉"和"月"来，如走马灯上的画，但结局仍是气球被吹薄了的要爆的苍白，仍逃不脱我梦中时常大水漫灌的村庄。我能想到的，还是村东那条不知泉在何处，跟着季节时断时续的小河。夏天丰盈时，特别是有月的晚上，穿了长裙一样，招惹着蛙声，"呱呱哇哇"不休，叫得满河波光粼粼。若起风时，月亮会被河水冲走，沿河一路叫喊着追逐，也追不上。

再就是，村北菜园里的一口冬天会从井口长出皓髯的老井，我曾在月夜与发小跟着他看园子的父亲去打水浇菜。石筑的井壁上，锈着滑腻腻的苔藓，越往深处越阴暗，与中间被井口旋出一片光明转周却黑幽幽的水面相接。月亮正好照在井中时，把头探到被绳勒出一道道痕迹的井口，头和月亮便碰在一起。扑通放下篦桶去，月亮应声而碎，一阵水花四溅之后，被扰动的凉气从井口逸出，井中的月亮重新完好，在水中晃晃悠悠，像碟似的沉下去，直到水面彻底平静，月亮才恢复如初。

被大雨洗过的松林，"雨露"挂在思茅松的松针和松塔上，挂在鸟的歌喉上，还挂在太阳光芒上，像晶莹剔透的精灵，对空寂的松林充满新鲜和好奇。或纷纷而下，潜入林中的灌木丛或地下沉积的松针中，仿佛在捉迷藏。或一颗两颗，要么三颗五颗，拇指猴探幽似的从树深处飞下来，落到灌木上，再跃到蘑菇上，然后七蹦八跳不见了。也有的把落地的松塔当绣球，抱着推来滚去，或单手吊在草叶上打秋千，打得花枝乱颤。

与之同时的斑鸠坡茶马古道，却没有鸟鸣与阳光，只有堆叠的郁郁葱葱，有时将整个路段遮蔽，沉静中散发着和松林中一样沾染腐败的潮气。路上的落叶，多则铺了一层，少则稀稀落落，整个的经年化作腐土，或当下被人畜践踏成尘。一块块石头凸凹不平，闲置路边的像龟背污染绿霉，路中间的又光滑又硌脚，随时会被开个小玩笑，惊惊乍乍地张开两臂，前仰后合地要倒，但终究没有倒下去。回头看打滑处，再提起脚看看鞋底，想刚才真要跌倒了，至少会摔得屁股疼，便感受到马帮的不易，但他（它）们长年累月跋涉，早与每块石头默契，不会轻易被滑倒。因之又心生敬佩，望着两端不见尽头的古道伫立良久。

石头被踏出的窝坑，不被落叶覆盖的，雨后蓄满积水，倒映着枝叶交错，掉下的"雨露"落到里边，溅起幽微之响，只有守在旁边才能听到。却不转瞬即逝，而成一脉缥缈不绝的香魂，不是从路上方笼罩的树隙散去，或攀附到路旁的树上长成"爬树龙"，而是似有若无地蜿蜒了，像水中变幻游走的墨烟，顺着同样蜿蜒的古道而去，不仅仅是斑鸠坡一段。寻觅着古道往"逝"今"生"的况味，直至尽头的另一方，山环水绕。

马帮绵延的身影出现了，按照我想象的样子，身上带着雨水沾惹的日月星尘，在沿途遮挡的树木的间隙闪现，一摇一摆或一起一伏，同时从间隙散发出他们（它们）的声息。人声、畜声、物声，人息、畜息、物息，既混杂又可辨，比如马铃声与喘息，从古道两旁扩散开去，由响亮、粗重逐渐低沉、细微，像烟雾的星火与尘埃，在雨后的清新中弥漫，最后附着到植物体上，衍生出苔斑、茸毛或菟丝。

迎面而来的马锅头，一如既往地沉稳，整个古道装在他胸中，眼睛保持一贯的警觉，目光随时会变成刀，双脚是不变的稳健，提防着脚下的石头万一打滑。身后负重的骡马，对它们的主人充满信任，踏着相互一致的节奏，鼻息粗重地亦步亦趋，累得发汗时浑身冒出热气，撒下的粪也热气腾腾。他（它）们"运输的货物主要是普洱茶、磨黑盐、新罗棉花，以及云烟、布匹、金属器物等物品"。路上需要轻松一下时，除了歇息，再就是歌唱：

　　女：赶马的小阿哥，
　　　　阿妹来等着，
　　　　阿哥你要快快来，
　　　　妹妹把情话说。
　　　　咿哟喂
　　男：阿妹哟你等着，
　　　　阿哥赶马啰，

等着太阳快快落，

再把那情话说。

咿哟喂

合：哟喂 哟喂 哟喂 哟喂 哟喂 哟喂

  在木屋后窗外的滴答中，我带着马帮没有阿妹只有阿哥的歌唱重新入睡，梦作鲲鹏扶摇直上九万里。在宇宙浩瀚的背景下，我看到万掌山化作一滴水掉入地球，地球又化作一滴水掉入银河。地球波澜不惊，银河波澜不惊，但声音是有的。它们发出的声音都一样，都是诗一般的叮咚，充满母亲敞开胸怀接纳孩子般的温馨。那叮咚之处，便有种子发芽，生出鹅黄的叶子……

锦绣草

    那天，我带着我的"童年"，千里迢迢地见到了它。

    见到它之前，我的想象在故乡徘徊，像只啁啾的燕雀，看到的仅是红了的枸杞、炽了的沙棘。当然是遍野或满山的，那是它们最陶醉的时刻。

    盛夏的枸杞，一串串一串串，深秋的沙棘，一嘟噜一嘟噜，把故乡的田野点燃，把山烧得湛蓝。"童年"的光景如火如荼，两种果实吃多了，就拿一枝枸杞或沙棘条干仗，将枸杞汁嗞地挤到对方脸上，或者摘一把沙棘捺碎了，摔到对方身上。

    它就是碱蓬草，见到它时远超乎我的想象。

    从汾河之滨到辽河口，半个世纪前的我，也就是我的"童年"，一手拽着我的衣襟，面对红海滩眼瞪得老大。仿佛成年后的他，在"长亭外，古道边"，直愣愣地看着。脑后的一撮"后拽拽"，发尖上带着枸杞的甜味，带着沙棘的酸味，被围上来的风戏弄着。

8月的红海滩，"热烈"还在酝酿中，不及熟透的枸杞或沙棘火红，但已经十分壮美。风拂过的时候，像没有烈焰的柔火燃烧，折一棵碱蓬草举在面前，竟让我想到佛灯。风扬长而去，像众口描述的"红地毯"，从脚下铺向大海，远方的蔚蓝色不见了，变成与天相衔的一线明亮。

一株株碱蓬草，远不比枸杞和沙棘又强壮又恣意，锋芒毕露。

在泥泞的滩涂上，盯着一株碱蓬草看，阳光牵一丝身影，微微摇曳着，像袖珍盆景里的树。将目光皮尺一样缓缓拉长，一身红的碱蓬草随之变淡，直到被滩涂隐没。隐没的时候很害羞，低眉顺眼的，像小花旦退到了幕后。

那弱小之躯，却如《大麦歌》中的大麦一样坚韧，经得起汹涌的海潮。潮来消失得无踪无影，仿佛不是被淹没，而是像鲸掠食一样，做了海水巨口中的美餐。潮去又出现在滩涂上，像漫游归来或在海中睡了一觉，抖一抖身上的泥水，眨一眨发涩的眼睛。

它一生聆听着蔚蓝色的涛声，在潮涨潮落中"生息"，往来于两个世界。

被淹没的时候，遥望着远方的潮头，一浪一浪地推波助澜。赶来的海水却平静，从它脚下不动声色地淹起，一寸一寸淹至腰间，最后咕噜噜地盖过头顶。

海水越来越深，一束束阳光深入水中，像雨后天边的"耶稣光"，乘潮而至的小鱼小虾，还有其他的海生物，在"耶稣光"中穿行游玩。水底的泥沙里，交配时会"婚舞"的沙蚕，能弹善跳的弹涂鱼，早蠢蠢欲动，从穴窝里滚出浑浊的水泡。

碱蓬草一如既往地沉浸在水世界，细微的水流缠来绕去，小鱼小虾不时凑上来问候。水中通向远方的路，像陆上的"殊途"，一程比一程深邃，那最深邃处便是龙苑之地。

重回人间的时候，与它被淹没时一样从容，先一点一点探出头来，看着海水退至腰间，再退到它脚下，然后顺着来路远去，给滩涂留下一身海腥气。那消失之处，海阔凭鱼跃，天高任鸟飞，万顷碧波之上的身影中，就有传说是精卫鸟化身的黑嘴鸥。

翱翔的黑嘴鸥看到，与大海紧密相连的滩涂上，被潮水抹去的红，像它消失时一样又回来了。一株株碱蓬草出浴似的，很快就恢复生机，重新织就红海滩。

蓝天白云下，一条条蜿蜒交错的水道，使红海滩像贴地而生的大树，又如大海的根系，那浩渺之水是大地供养出来的。撑一叶扁舟进去，撑着水中的"白云苍狗"，跟随季节款款而行，红海滩会向你展现它的一身锦绣。色彩迷人地变幻着，从初生的绿到淡红、浅红，再到粉红、大红，最后变成截然不同的紫色。

与红海滩相伴的，是广袤的芦苇荡，如果把红海滩比作妹妹，芦苇荡就是她痴情的哥哥。相传老早以前，在辽东湾的龙宫里，住着老龙王和他的女儿红袖。就一个女儿，老龙王百般宠爱，不让离开龙宫半步。

红袖十六岁的时候，老龙王赴天庭议事，丢下女儿一人在宫中。红袖正待得寂寞，盼望父王早日归来时，从辽河口传来一阵阵笛声，她便悄悄离开龙宫，到水上看个究竟，看见一个帅哥正坐在滩头吹笛。帅哥名叫芦生，从小失去爹娘，独自一人度日，清晨出海打鱼，傍晚归来吹笛。折一管芦苇，对着夕阳倾诉。

红袖被吸引了，于是每晚溜出宫，躲到芦苇荡中，偷听芦生吹笛。那如泣如诉的笛声，让她有天终于无法自已，便化作红衣少女来到芦生身边。两人一见钟情以身相许，为装点芦生吹笛的滩头，红袖就把龙宫的珊瑚草拿来种上。

老龙王从天上回来，发现女儿竟跟一个穷小子跑了，顿时龙颜大怒，趁芦生出海打鱼之际，掀起滔天巨浪，将芦生葬身大海，然后把女儿带回龙宫。红袖得知是父王害死了芦生，就夜夜到种满珊瑚草的滩头哭泣，最后哭得双眸生血，把原本翠绿的珊瑚草染红。

据说直到今天，半月在云中徘徊的晚上，仍能听到红袖的哭声。听到她缥缈的哭声时，芦苇荡就会风起云涌，像大海波涛起伏，从天边涌来，又向天边涌去。

看着那绿浪，听着那掀起的喧哗，大块大块的，从地上抛向天空，又从天空落到地下。在传说的无边凄美中，你会像风卷走的一枚苇叶，不着边际地想起洛尔迦的诗：

绿啊，我多么爱你这绿色。

绿的风，绿的树枝。

船在海上，

马在山中。

盘锦的"红滩绿苇"，已成为众鸟的乐园，每年呼朋引伴，于此欢聚的鸟类多达二百六十余种，数十万只。有不少是珍禽，对环境非常挑剔，非锦绣之地不睐，比如"湿地仙子"丹顶鹤，比如"红海滩绅士"黑嘴鸥。每年光顾这里的丹顶鹤近六百只，黑嘴鸥有一万一千只，占世界黑嘴鸥总数（二万只）的二分之一多。

丹顶鹤在叫：ko-ko-ko。

黑嘴鸥在叫：eek-eek。

那天，在它们的呼唤声里，在我匆匆道别的回首中，盘锦的盛秋正挥手致意地赶来："火红的碱蓬草、金黄的水稻、绿色的芦苇、蓝色的大海、黑色的滩涂，构成一幅五彩斑斓的油画。"

唔，大太阳

天是包老爷的脸，掉过去黑了，掉过来亮了。

我又见到大太阳时，已斗转星移四十年，它还和当初一样鲜红。

当初见到它，是一个春风成群结队的上午，语文老师领读罢《沁园春·雪》，开始逐字逐句地讲解。他一手捧着教科书，一手拿半截粉笔，需要板书时就掉转身去书写。讲到激动处，语文老师尺寸不足的裤子，裤脚一欠一欠的，露出比妇人肉还白的脚腕，趴在他头上的劳动布帽子做着俯卧撑，耷拉的帽舌一起一伏。板书变得龙飞凤舞，从窗玻璃斜射到讲台上的一束阳光中，粉笔尘像水中微生物一样浮游。

我们自然也很激动，但多半是盲从，亲眼见过的，唯"山舞银蛇"，能想象出来的，只有"万里雪飘"。站在村口，向北即可瞭到的雁门关，冬天大雪纷飞时，奔走的山脉确如蛇起舞，若爬上关顶的长城遥望内外，真乃万里雪飘。其余的他怎么讲解，总像隔靴搔痒，在我们脑海里都形象不起来，甚至一片混沌。

屋外的春风一拨接一拨，从河洼水汪汪的田野上而来，从村庄泛活的大街小巷而来，带着绿意且催促着绿意，把校门口两排白杨树上的芽乳头似的越刮越大。它们涌进校园，有的变成黄鼠狼的模样，从教室的缝隙钻进来，有时会把缝隙撑大，发出陶罐呜咽一样的叫声。黑亮的陶罐里，酒已一干二净，但酒魂未散，盛满月光时，一如既往地清冽。钻进教室的风，与我们"沆瀣一气"，渲染着课堂气氛。

讲到"江山如此多娇"时，语文老师把书反扣到教桌上，把粉笔丢进粉笔盒，拍拍手上的粉笔尘，从教桌下面的空格里取出一幅画。他解开系画的牛皮纸绳，先在教桌上小心翼翼地展开，用嘴吹扑吹扑画面，然后两手捉着画的两端，拿在胸前向我们展现。

我们不知道他是啥时候把画带来的，从他踏着上课的铃声走进教室，走上讲台，左腋下似乎就夹着一本教科书和一本教案。他从教桌下面取出画的时候，满教室的脖子鹅起来，我们的目光紧盯着他的手，看到画面的一刻，异口同声地发出一声"哇"。如果换成今天，肯定还会拽个"噻"出来。画陈面旧色，却因我们的一声"哇"亮了，整个教室也跟着亮了。当时我们根本不懂什么国画，只感觉它不像年画，但又像年画一样美。最突出的是那颗太阳，位于画面的右上方，仿佛刚画上去的，刚从云海中喷薄而出。

在"哇"的瞬间，它掉进我同桌的眼中：

啊，大太阳！

他伸出手去指着，对我说：

你看，大太阳！

这天我又见大太阳，是在南海之滨的阳江，跨越的千山万水，像过去的四十年遥远。遥远的尽头，是一座祠堂改建的教室，春夜常有巴掌大的蛾从屋顶深处蝙蝠一样飞下来，扑到屋梁下悬挂的电灯上，或没电的时候扑到课桌边栽着的蜡烛上。有时呼地化作一团火，差点燎了谁的头发或眉毛，与助长的烛焰一道蹿起，将上方的黑暗烧个窟窿，撒下一丝发臭的煳味，钻进窟窿不见了。吓得上夜自习的我们惊叫起来，女生的尖叫像打破了玻璃，把窗外的夜割得皮开肉绽。天亮后，它们又躲回屋顶深处。

那天，躲在屋顶深处的蛾，也聆听了语文老师的讲解。

教室被"哇"亮后，他上身前倾了，大声问：

祖国的江山美不美？

我们仰起头，有的还闭上眼，高叫道：

美——！

他满脸堆笑，把上身重新挺直了，说：

所以啊，"引无数英雄竞折腰"……

但是不知为什么，语文老师始终没告诉我们画的名字，它留下的印象像课本的一张彩页，在下一节讲授新课的语文课上，与《沁园春·雪》一起翻了过去。掉进同桌眼中的大太阳，便成了我记住它的名字，后来我当然知道它叫什么，但是仍喜欢

·196·

叫它大太阳。每当记起的时候，我首先想见的是那轮红日，然后才是整个画面。据说原作上的大太阳，比篮球还大，用最好的朱砂画的。在阳江去见它时，就像去会往昔的初恋，跨进门的一刻我屏声息气，看到迎面墙上的它时，怀揣的呼唤便在心中冒出：

大太阳！

又见大太阳！

在此之前，我其实还有两次见过大太阳，一次是我初中毕业考上师范后，在美术课本中见到的，与晁楣的套色木刻《北方的九月》放在一起，知道了它的名字叫《江山如此多娇》，也就是最初我在课堂上看到的画面左上方的那几个字。作者是傅抱石和关山月。又从美术老师口中，知道了它不同凡响的"前世今生"，现在悬挂在北京人民大会堂。另一次是多年后，早晨乘车途经一个小城广场，在几位大妈的舞乐中，从车窗一掠而过地见到了它，高悬在迎街矗立的画壁上，与朝日交相辉映。

但奇怪的是，这两次给我的印象都很淡，好像压根儿就没发生过，因此"我又见到大太阳"，"又"中并不包含这两次。而这次之所以强烈，我想是见它的地方不一般，是在关老的故乡。更准确地说，是在他的故居。再就是来阳江之前，我了解到关老曾到过我家乡的雁门关，并且创作了《雁门关春耕时节》。那"色彩清新自然"的画面，有一种形容村姑般的亲切，勾起我浓烈的乡情，近一甲子前的雁门大地，春天是如此美丽："远处雪山皑皑，山脚红花似锦，绿草如茵……"

那年是1964年，关老与"黄新波、方人定、余本应邀到山西省大同、恒山及雁门关等地写生"，创作了《雁门关春耕时节》。颇有意思的是：画中的树仔细看，若隐若现南国椰树的影子。第二年，他又根据《雁门关春耕时节》，创作了《春到雁门》。两幅作品"构图类似"，不同的是后者截取前者的局部，然后"进行放大描绘"，"弱化了树木形象而突出了人物形象"。被弱化的树木，椰树的影子没有了，老树发新枝，现在雁门关下仍能见到与画中一样的树。被突出的人物，四个人骑着自行车，一手握着车把，一手捉着肩扛的农具，奔向热情洋溢的田野。

我把这个消息告诉当年的同桌，他说第一次听说啊，原来关山月还跟咱们家乡有缘啊。"一座雁门关，半部华夏史。"雁门关牛啊，自古星空灿烂，现在又多了一星啊。他说的"星"，仅唐朝即可列一长串，从"诗仙""诗圣"到"诗佛""诗鬼"，都在"雁衔芦管"才能飞越的雁门关留下了足迹，还有如食脍炙的诗篇。

当年的同桌"啊啊啊"的，多半真情，少半官腔。谈起我俩曾像"两小儿辩日"一样争论过的大太阳，他说他上大学时见过两次，参加工作后见过一次，如今只是偶尔想起，而且是秋天的时候。当年的同桌大学毕业后，被一个漂亮的女同学拐到了晋南，这两年奋战在扶贫第一线。晋南多柿树，每当秋天树叶脱光后，颗粒归仓的乡野上，一颗颗熟透的柿子悬挂枝头，他眼中就出现大太阳。

他在电话中说：

大太阳！

红彤彤的大太阳！

我初次见大太阳是春天，这次见却是深秋，冬天像凛冽的马车紧随其后，在我雁门关下的故乡，已闻骡马白雾腾腾的鼻息。而海风吹吹的阳江，在那蓬村的果园自然村，季节依旧过得四平八稳，秋天只是个名义，"夏日公"照常倒背着手，带着亦步亦趋的身影，还有三五只鸭，在街上踱步。

午间的果园村，亮晃晃的平静安逸，偌大的池塘波澜不惊，茂盛的古榕树气定神闲，一如往常消受着时光。除了我们一伙外来者，村中不见几个村民。我们跟随"夏日公"，走进关老故居坐落的小巷。两边砖砌的院墙或屋壁，与相夹的砖墁的路面，从头到尾青一色。许是因了这青色，因了把天裁下一条的逼仄，一眼瞭到底的小巷，感觉却幽幽的深。踢跶着丁字拖的渥热，在巷中晃来晃去，时不时停下脚，勾后手去捉只背上的汗虫。

关老故居又名"隔山书舍"，"始建于清朝嘉庆年间"，老屋早被穿皂衣的日子拽着大辫子带走，抛下的往事由新屋捡起。新屋是十几年前重建的，与小巷一色的青砖瓦房。没有我故乡的青砖瓦房高大，屋势没有那庙宇一般压人，整个的平易近人，一团南国的温和气。跨进门的一刻，我心中呼唤着大太阳，大太阳也响应着我，众目之下，我们伸出看不见的双臂拥抱到一起。它光芒喷薄，将画面照亮。

我的目光像云影掠过大地一样，从近景（江南的"青山绿水、苍松翠柏"），到中景（"连接南北的原野"），再到远景

（"白雪皑皑的北国风光"），当然还有长江、黄河、长城，领略了"江山如此多娇"，最后又回到右上方的红日上。

我又想起当年同桌的神态：

啊，大太阳！

他伸出手去指着，对我说：

你看，大太阳！

与画上红彤彤的大太阳不同，屋外天空的太阳炽白，阳光泼进小巷转眼就渗了，从砖缝溢出肥皂泡破裂似的声响。砖墙间或夹着的一面白墙，被阳光喂得肚皮一样白亮。从关老故居出来，我为一个问题困惑着，如此心平气和的环境，怎么造就了他胸中丘壑，像平原长出一座高山，创作出那样气势磅礴的作品？

走出幽静的小巷，我重新凝望那古榕树，阳光亮闪闪的，像满树蝴蝶起舞，那些此前我并不经意的气根跃入眼中，让我若有所悟。古榕树盘根错节，已活了二百八十个年头，一个年头一个葫芦，悬吊在岁月架下。苍髯似的气根牵挂着大地，环绕的浓荫水汪汪的，飘悠着阳光从树隙漏下的金叶。

果园村建村时，古榕树就有了。它看着果园村成长，由一片荒野变成一片人烟，日头安顿月亮睡下而作，日头唤起月亮而息。一茬一茬的人，像一茬一茬的禾，历经四时光景，走过春夏秋冬。据说关老小时候，在古榕树下作画之余，常爬上树，从树上跃入池塘，溅起满塘水花与欢笑。他的许多画，《榕荫曲》呀，《古榕渡口》呀，《红棉巨榕》呀，《榕荫乡风》呀，

"都是以大榕树为描绘和寄寓对象的"。他曾在画上题诗道："少小求知榕荫情，至今犹记朗书声。渔农长辈启蒙事，处处童心我自明。"

在古榕树旁边，关老与父亲植下的另一棵榕树也枝繁叶茂，气根纷纷和古榕树一样牵挂着大地。1998年岁末，关老最后一次回乡，在树下拉着女儿的手说，这是他小时候和父亲植下的。目光从树高处，往下顺着树身，一直抚摸至树根，满目深情如晚霞灿烂。

他曾说"不动便没有画"。生前足迹遍布天南地北，包括我故乡的雁门关，无论走到哪儿都根系故土，像洛尔迦一样放不下，"我热爱这片土地，我所有的情感都有赖于此"。正是故乡的青山绿水，源源不断地滋养了他，他才气壮山河，才创作出《江山如此多娇》的巨作。一轮红日至今磅礴：

大太阳！

唔，大太阳！

沁源行：满目皆是"十八公"

我想：多美啊——大地，以及大地上的人。

——谢尔盖·叶赛宁

庚子金风送爽，马蹄翻着银碗儿，越过绵延的夏界而来。我终算成行，前往太岳山东麓的沁源，一路阳光灿烂，呼啦啦如五彩经幡。

沁源之名早知，我曾两眼蝇虎似的趴在课本里或悬挂的山西地图上想象它的模样，与想象其他陌生的地方一样，一无所获地想过也就搁过了，真正心动是在多年之后的2005年。这年的《黄河》杂志上，我责编了一篇散文《龙出沁源》，作者是去年不幸去世的沁源作家杨栋。对这篇散文，我最初是因"龙"生奇，龙乃众所周知之物，"能与细细，能与巨巨，能与高高，能与下下"，怎会"龙出沁源"呢？读后难忘的，却是七十五年前沁源八年抗战的血与火，八年中竟未出过一个汉奸。天地惨白，太阳旗血光四射，面对屠刀，宁死不当traitor，这是一片何等的土地，一方怎样的人民？！

十年后，我又责编了一篇有关沁源抗战的散文，与《龙出沁源》"异口同声"，也说八年抗战沁源没出过一个汉奸。我再次被触动，心中潜滋的向往便在时光的城头像棵向日葵冒出来，一天比一天茁壮，顺着城下路边长满车前草的大道遥望。天边的白云下，那远山外，是否就是沁源？之后，许是机缘未凑或好事多磨吧，我几次要去都被打搅了，有次已背负行囊走出楼门，朋友的"牧马人"正穿过十字路口，在早晨洒水车的乐曲中，向我居住的小区所在的街赶来，却给单位的一个电话泡汤了。

这次如何，我颇没有把握，心头红绿灯交错，直至车通过ETC才踏实下来。像曾经看着地图一样，我又"想入非非"，即至的沁源，尽管时已孟秋，会不会如司空图"春行"，"窈窕深谷，时见美人"？然而顺着"深谷"而至的，却是由远及近的枪炮声，有的哧溜溜拽着尾巴，由零星逐渐稠密，轻描淡写的硝烟也随着枪炮声的激烈浓如墨云。硝烟又被大火驱散，从"深谷"两侧向上蔓延，烈焰蹿向天空，漫山遍野地燃烧起来。强虏葬身火海，沁源也遭受前所未有的洗礼：从1937年到1945年，一个八万人的小县，有三万人捐躯、伤残、参军，"在抗战史上写下壮烈的一页"。

沁源自古"民劲"，"冻死迎风站，饿死不弯腰"。战后的沁源，几乎"乡乡有烈士碑，家家有烈士"，抓把泥土就会生出英雄故事，连毛泽东都赞叹：

> 沁源人好样的，英雄的人民，英雄的城。

可是此次，也是我第一次成行去沁源，要看的却是"绿"，似乎有点"事与愿违"。"想入非非"的我，栖在鸟天堂的鸥吻上，眼中的血与火，风卷残云地远去，取而代之的是绿。彩练当空，情景来了个大翻转，是思接风马牛的生动：

> 山朗润起来了，水涨起来了，太阳的脸红起来了。
>
> （朱自清：《春》）

近年来，沁源的"绿"与其"抗战"一样响亮，我们就是冲着这响亮去的。但在响亮起来的背后，也与其"抗战"一样，有过不堪的记忆，诸如清末"杀林开荒"的砍伐，民国修建同蒲路的砍伐，日军曾用来构筑工事的砍伐，还有"三光政策"之"烧光"。仅修建同蒲路，灵空山就斩刈古树九十多万株，木客多达两千余人，每倒下一棵古树，遮天蔽日的绿就塌个大窟窿。斧与火停息后，留下一个个死不瞑目的树桩，或一片片毛草不存的焦土。家园被毁的兽蹲在月下的山岩上，与无处着落的树魂彻夜哭泣呜咽，泛起的雾披头散发地四处游荡。沁源的"绿"满目疮痍，单是战争造成的损失就惨重，据1947年太岳林区报告："自十年战争以来，经调查，私有林比战前损失60%以上，公有林估计损失50%—60%，个别地区公私森林完全毁灭。"

之后可想而知，几十载的努力无须赘述，都载在树的年轮里，凝聚在一句县策中："绿色立县，建设美丽沁源。"一个"立"字让沁源之"绿"重生："森林覆盖率接近60%，植被覆盖率接近90%"，在山西首屈一指，重现往日"桥横百尺尘难进，树老千年绿尚肥"的光景，与滋养它的母亲河沁河一道，又哗啦啦地响亮起来。

那"响亮"天籁般，如蜀僧抱绿绮，为我一挥手。我沉浸其中，企图用曾见过的右玉的"绿"，去印证想象中的沁源的"绿"，却总像拓片有残缺或模糊不清之处，直至路卷尺似的一段一段卷起来，车一头扎进万山环列的沁源，大块大块的绿涌入车窗如刷屏，我满脑的"绿"才清晰完美起来。如顾长康赞美会稽：

千岩竞秀，万壑争流，草木蒙笼其上，若云兴霞蔚。

（［南朝宋］刘义庆：《世说新语·言语》）

在之后的两天中，和我第一次去塞北右玉一样，眼中产生挥之不去的幻觉，就像发生"无系别现象"，别的树种都消失了，只剩下貌比潘安的"十八公"。

几年前，我第一次去右玉，站在右玉的小南山上，恍然间满山的树摇身一变，包括原本长不大的"小老杨"，都变成茅盾礼赞的白杨树。一枚枚甲札似的叶摇响着，透着青铜剑的光芒，组成一场"幕天席地"的交响乐。我头发站起来，仿佛置身沙场，变成一面猎猎旌旗。来到沁源，在秀木参天的灵空山，我又产生了与右玉同样的幻觉，只不过眼中的树都成了松树，似乎在印证沁源是"油松之乡"，作为"油松之乡"的沁源名不虚传。松冠"岁寒三友"，《幽梦影》的主人说，山居若得乔松，将会受用不尽：

> 以松花为粮，以松实为香，以松枝为麈尾，以松阴为步障，以松涛为鼓吹。
>
> （［清］张潮：《幽梦影》）

一棵棵苍松，汇聚成沁源之"绿"，也像根根伞骨，支撑着沁源之"绿"。在云梦似的绿荫下，沁源不管"山居"者，还是"市居"者，都将受用不尽，拥有了绿水青山，就拥有了金山银山。我也想沾点光，感受它的混元之气，便闭目澄怀，如古人"山中听松风声"。在灵空山圣寿寺前，风从星汉而来，风从深渊而来，如百围大木之演奏：

> 激者，謞者，叱者，吸者，叫者，号者，宎者，咬者。前者唱于而随唱喁。泠风则小和，飘风则大和……
>
> （《庄子·齐物论》）

演奏结束的瞬间，我明白了自己为何会产生幻觉，沁源之"绿"外柔内刚，骨子里有一种不屈不挠的精神，松就是它的化身。我此行并不"事与愿违"，一方水土一方造化，见识了沁源的松，见识了沁源的"绿"，也就见识了沁源的人，见识了沁源的"往世今生"。曾经前仆后继的身影，与如今的"绿"一脉相承，在沁源大地"盘根错节"。昨天如果没有苍松般的精神，就不可能创造"沁源围困战"的奇迹，不可能八年抗战不出一个汉奸。

在八年抗战中，沁源的松与当年西北的白杨树一样，投身血与火之中，密密层层地筑起绿色长城，掀起的万顷波涛像黄河咆哮。一棵松就是一个战士，与民兵坚守在高岗上，被老百姓称为"树树哨"，一旦瞭望到鬼子来犯，即如烽火传递，一棵跟着一棵倒下，将消息传递给老百姓和部队。一棵棵无名之松，成了一个个英雄战士。在沁源的绿荫深处，至今流传着"树树哨"的故事，像松果挂在枝头，健在的老乡亲讲起来，仍如数家珍：

　　几经试验，后来又发展为三棵树一个哨位，其中一棵倒下，暗示敌人出发了，百姓们一边准备，一边密切关注；如果第二棵树再倒下，便知道敌人朝这个方向来了，这个时候无论是正居家的，还是抢耕抢收的，都会做好随时出发的准备；关键的第三棵树若再倒下，便是敌人走近了。

　　每个哨位，都由五位民兵二十四小时值守。发现敌情时，一人率先放倒哨树，一人埋雷，一人送情报，另两人引诱敌人转移目标。而为了防止彼此偷懒，只在哨位旁打一眼浅浅的窑洞，仅能侧睡五人，而其中一个必须在树下。

（蒋殊：《沁源1942》）

烽火弥漫中，一棵苍松于我眼前凸现出来，像电影中的慢镜头，渐渐"高大上"。它就是中国的油松之王，入选上海大世界吉尼斯纪录的"九杆旗"，有六百年之寿与四十五米高的岿然之躯，是名副其实的"大树 grandpa"。"一树九枝"，如九面大纛，大纛上缀着日月星辰。它是沁源之松的王者，也是沁源之"绿"的精魂，见证了岁月轮回，凝聚了世事沧桑，从迢递的往昔聆听着沁河水流淌，一直挺拔到如今。披着云霞仙氅，一如既往地坐镇灵空山，与其"八大金刚""三大王""哼哈二将""一炉香"，统帅着漫山遍野的苍松翠柏。

"维持"，毋宁死！

我相信了"龙出沁源"，满目皆是"十八公"。那种宁折不弯的精神，"外化"成铺天盖地的"绿"，吐"故"纳"新"，生生不息，与母亲河沁河相始终。丁玲曾赞美沁源，"那是个非常好的地方"。我心如"穿衣童"，也说那是个好地方。

从"想入非非"，回到现实中的我，跟朋友叹道：

此行不虚，仅是个开头！

对一棵古榔榆的"重构"

　　漆园吏告诉我，这棵树不比大椿，但也有把年纪了。

　　漆园吏告诉我以后，一只精卫鸟从云端出，以炎帝千金的姿态，盘旋在岳家寨上空。那时岳家寨还不存在，连鸡子儿里的一根血丝也谈不上，岳家寨诞生是将近两千年后的事了。从上古而来的精卫鸟，俯视着巉岩凌穹的太行山，于莽苍之中发现一棵树格外耀眼，像它胸前缀着的父王赏的宝石。

　　这棵树就是古榔榆，守望在如今的岳家寨。从精卫鸟发现它的那天起，古榔榆愈加生机蓬勃，与天地同修，与日月同寿，而秀于万木。"'天脊'我为峰"，一览山川之荣枯，看红尘如走马灯。转啊转的，东汉末年唱着童谣来了：

　　　　举秀才，不知书。
　　　　举孝廉，父别居。

寒素清白浊如泥，

高第良将怯如鸡。

在一片童谣声中，天下群雄像山猪争霸，上党也难逃其劫，被搞得民不聊生。守望的古榔榆急了，便给周边的老百姓托梦，它的树皮树叶也可吃啊。于是老百姓不惜拼命，翻山越岭而至，将树叶采摘一空，将树皮剥个精光，仅剩下一具"白骨"。但第二天又枝繁叶茂，迎着东方日出，继续"舍身饲民"。如此日复一日，古榔榆救民于水火，半口气出成一口气，使他们活了下来。

东汉剃头拍手完蛋后，红尘依旧如走马灯，转啊转的，转到了南宋末年。在一个日头比女人乳房还拽的中午，寂静已躲到树叶下，躺在蜘蛛的吊床上午休时，守望的古榔榆瞭到一个草笠男，草笠一晃一晃地从山下爬上来，身后带着一家老小。被日头蹭起油皮的脸上，趴着亮晶晶的汗虫，嘴像受困的鱼一张一翕。他们来得实在不容易，翻越悬崖峭壁时，命像燋毛的老鼠捏住尾巴倒提着。

草笠男也瞭到古榔榆时，焦灼的眼中顿时冒出泉一样的笑，笑得泪花四溅。他用破烂的袖头拭掉笑，招呼全家老小再坚持两步，从爬上来的沟畔挣扎到古榔榆下。在凉爽滴答的浓荫中，草笠男脱下草笠，抹一把下巴上汇聚的汗水，环视着四面安全可靠的大山，对东倒西歪的家小说，咱们再不逃了，死也要死在这个地方。

那天的古榔榆下，草笠男带领一家人，遥祭山外的祖宗，又拜过山神，在归鸟的喧闹中燃起炊烟，像黄昏生出一缕花发。他们从此隐姓埋名，围绕古椰榆生息，直到那个叫秦桧的家伙被铁铸了，长跪不起时，才告诉世人他们是岳王爷的后代。

漆园吏告诉我的时候是梦中，"他们"告诉我的时候，是梦醒之后走出石屋的早晨。古椰榆像当年"舍身饲民"一样，在次日的晨光中，正枝繁叶茂地迎接日出。告诉我的是一位两腮塌陷的老人，他居然背得出岳王爷的词句："怒发冲冠，凭栏处、潇潇雨歇。抬望眼，仰天长啸，壮怀激烈。三十功名尘与土，八千里路云和月。"只是背的时候，嘴豁牙残齿的，有点走风漏气，偶尔还带出一丝口水。

老人腰勾了，坐在古椰榆旁边的台阶上，像树上掉下的一根枯枝。他背完"云和月"，再往下背时卡壳了。他说后面的也记得，今天却不知咋回事，脑子一下接不上了。他歉意地摇摇头，点燃一支味道毛糙的烟，又给我讲起他们村庄的故事。但讲着讲着，大概脑子又接不上了，就两眼发直，像丢失了一根大辫子似的走神。因此，故事讲得有一搭没一搭，烟也抽得有一口没一口。一口烟抽完也不吐，嘴巴空洞地张着，由烟自己散去。

最后，老人丢掉烟头说：

我们是岳王爷的后代，全村一家子。

老人两手撑着台阶站起来，又说：

我们是岳王爷的后代，一辈一辈过来的。

快走出石巷时，老人掉后头来，再次说：

我们是岳王爷的后代，村里还有他的庙呢。

老人的背一佝一佝，像棵弯曲的失去弹性的树，却又不甘心地要挺起来，然后消失在巷口外。他似乎专门为我而来，我似乎在做梦，如同梦见漆园吏一样。

太阳已爬上山顶，阳光赤条条地奔来，穿过短促的石巷，拥抱着对面的石屋，在山墙上一阵"壁咚"。被路过的风撞见，便怂恿窥探的树枝去捣乱，小巷因之变得流水潺潺，波光在地下墙上荡漾。有鲨摇头摆尾，有鲵趴在水底。而远处被照耀的树木，还有裸露的山崖，却像着了火似的，把散淡的晨雾燃尽，渐渐生出炎热来。

古椰榆玉树临风，苗壮的枝向四面撑开，相互交错着，撑起一朵"蘑菇云"，满树的叶摇响时，波光粼粼的。木心说懂得树，就懂得了贝多芬。我不知道他说的，是否就因为这叶的声响。它的树干非同一般，通身石化了似的，遍布患过天花一样的斑痕，但摸上去并不粗糙，又光滑又坚硬，像小巷铺的石板。我以前从未见过这样的树干，如果无视头顶的绿云，我会毫不怀疑它是假的，是用水泥浇铸的。它的根巴，同它的枝一样苗壮，拱出地面又扎下去，或扎在石板缝里，或钻到石屋下，像群蛇扭斗。

我高高地举起双手，探到能探到的极限，然后顺着古椰榆的树身，一截一截往下抚摸，直到树根底。我在抚摸一棵树，也在抚摸一截活化石，抚摸一段漫长的岁月。那岁月被年轮碾出绵延的车辙，像乡间天底下的黄土路。我的抚摸让我明白，它之所以这么坚硬光滑，是将两千年的风雨沧桑，一点一滴地修炼入骨了。若用力拍打几下，会拍打出铁来，会拍打得指尖发麻，指关节疼。那麻和疼告诉你，什么叫百毒不侵，什么叫刀枪不入。因此，它的树貌远比树龄年轻，不是鹤发童颜，而是玉树临风。

我重新抬头仰望古椰榆时，两臂恍惚生出羽毛来，觉得自己是一只归鸟，它也是我的栖息之地。便情投意合，就像那个已故的波兰老人写的：

在翅膀的欢呼中舒展自己
坠落，躺在石头边
以古老而纯洁的方式
望着生活……

（［波兰］辛波丝卡：《归鸟》）

于是我面朝东方，趁寨子还残梦未了，趁老人离开后再无人来，在"翅膀的欢呼中"，坐到古椰榆的树根上，样子郎当地背靠着树半躺下。我真的舒展了自己，听到了自己的"坠落"声，像吊桶投入老井中，然后晃悠悠地下沉。我抱着"古老而纯洁"的企图，让目光越过石巷，尽可能抻长了，去眺望岳家寨人的"生活"。

从草笠男落脚的那天起，在古椰榆的守望中，一爿爿石屋扩展蔓延，直到今天的模样。从一座座大山、一块块梯田，再到一处处院落、一栋栋房子，整个的一个石世界。用石碌碌场，用石臼舂米，用石灶煮粥。当日头蹚过天空，夜接替昼当差后，石炕便活跃起来，就像那石碾石臼石灶，碾呀舂呀煮呀，比白天都忙活得叫劲。岳家寨人在石中安身立命，在石中瓜瓞延绵，也同石头一样顽强。他们将对祖先的怀念，将生存的信念，亦如古梛榆石化了，不惧风侵雨蚀，历久弥坚地挺拔。

我从他们的"生活"中，瞭到了他们的"往世"，也瞭到了他们的"今生"，阳光在遍地的石上精灵般地跳跃。"往世"的岳家寨不堪回首，"今生"的岳家寨时来运转，由一个躲灾避难的小山村，变成叫人扎堆的"世外桃源"。拔根"桃毛"撩撩鼻爷，就能痛快淋漓地打十八个喷嚏。从城市来的"刘郎"们，在山中待上两天，就扯下腰间盘上的膏药，六亲不认地问，天下还有汉啊？

为了让"刘郎"们进得来，岳家寨人更为自己出得去，外出时不再像大猩猩四肢攀缘，仅靠双脚就解决了问题。早在"刘郎"们趋之若鹜前，从20世纪60年代开始，他们就一根绳子吊在悬崖峭壁上，挥舞着锤头钢钎凿啊凿的。有排哑炮炸死的，有被飞石砸殁的，受伤的更是不计其数。几十年开山劈石，终于在当年连曹佬都叫苦不迭，被羊肠坂折断车辂辘的太行山上，修出一条美如练的天路来。

那天早晨，我跟随自己的目光，从岳家寨的沟底，爬到壁挂的天路上。站在山顶回望时，也就那么一瞬间，两眼白翻黑吊了一下，便明白古梛榆从精卫鸟发现它一直到现在守望着什么。无论什么年代，我们都需要世外桃源，战乱时躲灾避难，太平时调养安神，它是抚慰肉体和精神的家园，有时哪怕只待一朝一夕。

当我明白了的时候，嗓子眼里突然冒出一句："妹妹你大胆地往前走呀。"不知是在喊岳家寨人呢，还是喊那些"刘郎"。并且希望出现一顶花轿，轿杆儿软颤软颤的，在如练起舞的天路上，将岳家寨人的日子，颠乎得更加有滋有味……

石鼓隆隆

孩子：妈妈，石鼓会响。

妈妈：石鼓不会响，那只是个碑。

孩子：石鼓就会响。妈妈，我都听到了，隆隆的……

那鼓声是 1936 年 4 月 25 日响起的，在"长江第一湾"。最初渺渺的，仿佛发生在地核，然后一圈圈向上扩大了，突破层层岩石的阻碍，轰隆隆冲出地面，盖过大江的喧哗。

在此之前，那石鼓确实仅是一个碑，勒刻着木氏土司木高征战土番的功勋。几百年来，它像静卧在大江边的赑屃，背负风雨沧桑，缄口不语。几百年后它"开口"了，即将发生的它见证的事，与"阿公阿目"的功勋相比，如"江流到此成逆转"，可谓"开天辟地头一回"。所以它"开口"了，要为即将发生的事助阵。其实它早就响起来了，一直伴随着"红色"的脚步。从一双双草鞋捆绑的"赤足"，开始万里长征的那天起，它一路伴随而来，像大江奔腾的浪头，愈来愈响亮。到达"长江第一湾"后，轰隆隆地撕开古渡的天空。

那天，冥冥的鼓声回荡在"长江第一湾"，遥望的玉龙雪山听到了，古渡对岸的文笔山听到了。被江湾环抱的文笔山，正披着轻薄的春衫，沐浴在融融春光里，双手捧着"老闷筒"呼噜噜地闭目养神，鼻孔烟缥缈。听到天空的鼓声它停下口，慢悠悠地睁开眼，将目光竹似的一节一节押长了，越过面前的一湾田园，越过田园外的江面，看到古渡口聚集大队人马。像早料到似的，它表现得毫不吃惊，只是注视着人马的行动。他们无疑是要过江的，那迎风招展的旗帜，挥舞着"斧头"和"镰刀"。

古渡口也就是石鼓渡。金沙江"到此成逆转"，于天地间大写一个"U"字，形成"长江第一湾"。诸葛亮曾于此"五月渡泸"，忽必烈曾于此"革囊渡江"，不老的云岭迄今记忆尚存，旃如云兮帜如星。当烽烟远逝，岸边的护堤柳不再憔悴，重新变得丰姿绰约时，石鼓渡又繁忙如初，商旅可用络绎来形容，舟船可借穿梭作比。江中朵朵绽放的太阳花，像那个流传的充满诱惑的未解之谜："石鼓对石人，石人对石门，金银万万五，谁能猜得破，买下丽江府。"

与石鼓渡紧密相连的石鼓镇自然重要，曾为进出滇藏的必经之地，经此"北入藏区，南出滇西"，呈现出南来北往的繁荣。那繁荣的庇荫之下是安逸，一片片屋顶上炊烟悠闲散漫，一间间店铺前望子逍遥自在。那看不见的，在我想象中万里迢迢归来的"风流"，因饱经沧桑变得小心翼翼，在街头风一样窸窸窣窣，直到在哪个望子下消失了，在陈面旧色的窗户背后的深处，在红光光的灶畔，才会一如既往轰轰烈烈地现身。

这天石鼓的夜，应"银汉无声转玉盘"，大江上波光粼粼，小镇上屋影沉沉，把红尘梦做得情意绵长。在月光融融的街深处，因门闩松动而溢出的热息，或落在屋顶的瓦苔上结成霜，或附着到墙根的草尖上坠成露，将天上的月凝练得晶莹剔透。

2021年春天，得中国作协社联部和《小说选刊》组织之便，我慕名从汾河畔的太原，来到金沙江边的石鼓渡。当年石鼓"开口"的时候，是"谷雨"下过的第五天，而我来的时候，是"春风"刮起的第二天。太原才绿意朦胧，花蕊还在拱苞，这里却"春在枝头已十分"了，成群结队的花们争俏斗妍。最是所见樱花，赶趟似的一树接着一树涌入车窗，热情烂漫到我搜肠刮肚，只能拾古人牙慧来"应酬"："昨日雪如花，今日花如雪。"

披着花香伫立古渡时，我顺着大江"U"字的两端扶栏极目远眺，追寻八十五年前"红旗直指金沙江"的场面，但领略到的只有古渡现时的景象。"U"字两端峰峦连绵，重重叠叠由浓到淡，相夹的大江如蚺游走，直到消失不见。对岸的文笔山"出神入化"，禅絮般的山岚似有若无，隐隐约约带点青色。山前风景除了绿树，其余都轻描淡写的，季节还未到热烈的时候，浓墨重彩还在酝酿当中。江水也不到丰盈之时，裸露的沙滩灰白粗糙，江上既不闻渔舟欸乃，也不见商舶扬帆，唯有波追浪逐声。

在一派春和景明当中，我领略了古渡的风貌，也第一次接触了茶马古道。但是并没有见到马帮，街头只有青石板泛光的空寂，空寂中似有灯花爆响，或是望子下留下的热吻，因年深岁久如坚果结壳了，又因年深岁久果壳开裂了。在门柱上能敲出锈绿的铜韵，两侧连绵的屋檐搡挤的天空下，我顺着青石板相间的石级一段一段而下，剩下最后几段时又转过身去，心有不甘地用目光代替脚，又顺着那青石板相间的石级一段一段而上。"而上而下"时，我耳朵搜寻着丁零当啷的马铃声，眼睛寻觅着骡马一摇一晃的身影。

　　一棵石楠从屋檐间断处的白墙外探过身来，一嘟噜一嘟噜米珠般的艳果如秋天的花椒，似在挑逗不解风情的我。它是有故事的，正等待那个解风情的爷们儿归来。但此时的它注定一厢情愿，因为那个爷们属于马帮，而马帮已消失在茶马古道深处，消失在叫"曾经"的岁月中了，只是茶马古道不忍告诉它。它最好移情别恋，别把长两条腿的须眉浊物太当回事，把一腔痴情给了一只蜂一只蝶或者鸟。

　　所以，此时的我也注定一厢情愿，像在古渡口追寻那往逝的场面一样，与我的身影一同徘徊在逼仄的街上的企图，最终只能靠"虚构"来实现。借纸上得来的描述，再加上自己的想象，不管"虚构"得对错与否，而陶醉于茶马古道的往昔——

　　　　崎岖的茶马古道上，双手倒背的"马锅头"，上身前倾了，背后牵着头骡的缰绳，带领马帮迤逦而行。驮负的货物，"北入藏区"的有茶叶、盐巴、布匹等日用品，"南出滇西"的有皮毛、山货、药材等土特产。

骡马的肚子压弯了,把肚带绷得紧紧的,皮薄处能看到青筋。它们一头跟着一头,呼哧呼哧地喷着鼻息,还有驮子与鞍互斥的吱呀声,步调一致地载着沉重。爬坡的时候,后面的仰望着前面的屁股,蹄下的石头被铁掌踏出星火,刚撒下的粪便热气腾腾。

骡马脑门上都镶着一个小圆镜,一颠一晃地反射着阳光。每头骡马在队伍中的地位,用脖里的铃铛来区别,戴大铃铛的表示"重要",戴小铃铛的表示"配合"。一路上马铃声不断,歌声不断:"头骡摇玉尾,二骡喜鹊花,大年初一要出门,哎哟,我的小心肝……"

但是八十五年前石鼓响起的那天,途经的茶马古道像我今天面对的一样寂静,古渡两岸唯有两支叫"红军"的队伍渡江的喧闹。那喧闹之中,遥望的玉龙雪山注意到,对岸的文笔山也注意到,最初还有紧张的斧锯声,老百姓把树和竹子砍来,把家中的门板卸下,甚至把喜床拆了,赶制成木筏、竹排支援他们渡江。

渡江的两支红军队伍,一支是红二军团,一支是红六军团。从4月25日到28日,在石鼓到巨甸的五个主要渡口——木瓜寨、木取独、格子、士可、巨甸,两个军团历经四天三夜的抢渡,将一万八千多人和数百头牲畜渡过金沙江。而渡江的船只仅有七条,再就是赶制的竹筏、木排。由于船少人多,二十八名船工夜以继日,"打破金沙江不夜渡的传统",撑船抢渡红军人马。

晚上岸上岸下一片火把，江中水光与火光一同翻卷，涛声与桨声一起激荡。熊熊的火把风助时，火焰会呼地蹿得老高，把头顶的黑暗烧个窟窿，被烧碎的黑暗纸灰一样飘零。四面火光不及的地方，夜雾纠集着河腥气，如丝如缕地梦游。

抢渡的船有的后面拖着木头，用来分担船筏的压力，让坐不上船筏的战士抱着木头漂过去。骡马卸载后被赶入江中，或在驭手的呼喊下过江，或把缰绳系在船上，在船的牵引下过江。有的骡马尾巴上还拽着战士，借助骡马的力气游向北岸。在士可渡渡江时，因船后面牵着的马害怕，死活拖着船不肯过江，二十多人被侧翻的船翻入江中，船工周长寿和十多名战士被激流卷走。

诞生于雪域高原的金沙江，即使夏天江水也浸骨，更何况当时还是春天，没有乘船渡过江的战士，湿淋淋地一爬上岸，上下牙齿就干仗，哒哒哒地能把舌头剁成肉馅。被江水卷走的那些战士可想而知，冰冷会像蚂蟥一拥而上，把他们浑身的热量唾干，那热量是殷红的，在水中被唾成一丝一缕的。

在渡江前红军兵分两路，贺龙、任弼时率领的红二军团为右路，"从鹤庆县经过丽江县城取道石鼓"，萧克、王震率领的红六军团为左路，"从鹤庆取捷径经丽江太安、九河，直达石鼓"。两路红军的先头部队，在大部队赶到之前必须找好船找好渡口，"要船、要渡口"比要命都重要。贺龙拿烟斗在地图上画着圈告诫他们，"一定要让部队明白，部队过江才是活路，过不去就是死路"。

两路红军占领渡口时，守江的滇军早闻风而逃，逃跑时把船筏藏了起来，或者沉到了江中。贺龙赶到后，看到部队渡江已胜利在望，便在太阳晒得暖乎乎的石头上坐下，坐在那石鼓旁点起大烟斗，他边抽烟边看江上抢渡的官兵。顽皮的江风撩拨着他的大胡子，撩拨着他吐出来的烟。正看着关向应走过来，对他说咱们也过江吧——

　　　　贺龙吸了口烟，笑眯眯地点了下头。而后，手敲着石鼓说："石鼓哇石鼓，'元跨革囊'又算甚？今我红军在敌数路大军追击之下，胜利地渡过金沙江，那元世祖忽必烈在世又有何说？"
　　　　关向应笑道："我看孙髯翁写的那大观楼的长联'元跨革囊'应该改了。"
　　　　贺龙说："向应，那就由你来改吧。"
　　　　关向应笑道："待革命成功了，我重新为大观楼作一副长联，尽将红军事迹写上。"

　　关向应要等革命成功以后，为昆明大观楼重作一副天下长联，萧克却有些迫不及待，渡过江"松了一口气"，就于马背上赋诗一首："盘江三月燧烽扬，铁马西驰调敌忙。炮火横飞普渡水，红旗直指金沙江……"
　　红军左右两路人马全部渡完后，"大江上下响起雄壮的军号声，颗颗信号弹腾空而起，宣告渡江胜利。"围追堵截的滇军、中央军赶到时，就像我现在替他们描述的，只能望江兴叹了。大江上除了簇浪声，还有他们听不到的、此刻正追随红军北上的石鼓声，平静得像什么也没有发生过。渡口上留下一些他们熟悉的破草鞋与他们同样熟悉的标语：

> 接宣威，送石鼓，多谢，多谢！
> 来时接到宣威地，走时送到石鼓镇，费心，费心！请回，请回！

与之相距八十五年后，我在石鼓热闹的集市上见到了心仪的草鞋，编织得相当精致，跟其他出售的草编放在一起。我不知道它与当年红军穿的草鞋是否一样，但心中又执拗地相信一样。我想买一双带回去，可在手中把玩了半天，最终还是放弃了。放弃了却又有些不舍，目光在那重新挂起来的草鞋上，像线头一样挂扯得乱七八糟，连我自己也不明白放弃的原因究竟是什么。集市上的商品很丰富，多是当地的土特产，也有一般的日用品，往昔石鼓市面的繁荣从中可窥一斑。

从石鼓回到太原，那草鞋像草履虫一样盘桓在我脑中，有次在梦中变得船一样大。草鞋曾是红军艰苦岁月的标配，是红军长征"不可缺少的随身物品"，在红军长征中它和武器、粮食一样重要。当时油印的《红星报》，曾大篇幅刊登文章（《怎么解决草鞋的问题》）介绍草鞋，下发到部队作为"红军官兵打草鞋的指南"。为红军长征立下汗马功劳的草鞋，当年红军从老总到战士都喜欢，在后来甘孜会师的联欢大会上，朱老总穿的就是草鞋，"一切都和士兵一样"。

从简陋的草鞋到如今部队精致的军靴，印痕截然不同的足迹"书写"下的，其实就是步履由维艰到豪迈，由"红军"到"解放军"的军史。红军在石鼓古渡留下的足迹，仅是其中短暂的"一步"，但这"一步"至关重要。他们的后辈是这样评价的：它"是整个红军长征中决定性胜利之一"，如果"没有这一步"，有些历史"就很可能会改写"。

红二、红六军团渡过金沙江后，一双双穿着草鞋的"赤足"，又翻越严酷的雅哈雪山，又经过几十天跋涉北进，在四川甘孜同红四方军会师。与之相伴的石鼓声一如既往，一直伴随红军走完长征，一直从过去伴随至今。我想象中的石鼓声，今天它已不单单是激越的鼓舞，像那曾经渡江的火把一样，更在传递一种可用玉龙雪山作比的精神。

妈妈：石鼓真会响，你说得对。

孩子：是吗，妈妈？

妈妈：就是。妈妈也听到了，隆隆的……

湄公河访礁

墨滴老肥，像椰树上成熟的椰果，咚的一声落下来，天就伸手不见五指了。

年已翻了六七个跟斗，这个固执的想象仍抹不掉，隔段日子就带我去趟"彩云之南"的边陲，有时是大白天，仿佛白日梦。墨滴落下时被拽成葫芦状，葫芦把儿越拽越长，一着地就化作乌贼，张牙舞爪地吞没关累小镇。在被褥干净、发潮的旅店内，我与房间及房间内的每样东西融为一体，房间又与旅店与小镇融为一体，整个的像天地未开，一团漆黑。

如此漆黑，我好多年没有经历了。在千里之外的家中，晚上窗帘拉得再紧，城市的光也能爬上阳台贼进来，卧室里毛茸茸的亮。在家隔三岔五失眠的我，那晚睡得死沉。我在后来的想象中看到自己，睡相又舒畅又粗鲁，每个汗毛孔都在打鼾，手臂上的汗毛被鼾息吹得连绵起伏，直到被砰砰的敲门声唤醒。

敲门的是负责我们此行的民警小D，他说：黄老师，起床啦。

他敲了三次，第三次才敲醒我：嗯嗯，好的。

当然，这"三次"是小D告诉我的，他在旅店的吧台前笑道，黄老师昨天累了。

街上的漆黑被搅动，分不清东西南北，搅起的冷直往身上沾，死皮赖脸的。由不得竖起衣领，把脖子缩了缩。从旅店出来，我脚下半天把握不住，像穿了演戏穿的鞋底很厚的朝靴，虚一脚实一脚。沿街的路灯，据说夜深人静就熄了，凌晨再开，可到现在还未睁眼。

小镇这样的早晨，小D显然习惯了，也不打手电，只管摸黑带着我们走。央媒的高兄呼噜噜地拖着拉杆箱，像一早从被窝里拖出孩子去上学，孩子的后衣襟还被梦拽着，老大的不乐意。从一条街转到另一条街上，前面出现一团光亮，被黑暗包裹着，影影绰绰，说话声中夹着呵欠。呵欠听起来很夸张，让我联想到河马的大嘴。即使无饭香飘来，也能猜出是一家早点铺，不过只有走近了，铺前的路灯、椰树与人才能区分清楚，但路灯与椰树的顶端，仍隐没在光亮外的黑暗中。从卷闸卷起、敞开的铺子里冒出的热气，一部分在铺前凑热闹，一部分向上越过屋檐化为乌有。

别人都吃米线，小D单给我要了面。我以为是手擀面，端上来的却是挂面，手擀面根本不可能。都说云南米线好，可我就是吃不惯。小D又为我专门要了醋。我看着醋瓶上的商标，掀起瓶盖闻了闻很地道，醋味儿撩撩的，像美女迎面一个飞眼勾魂。

我不禁少见多怪，这地方还吃山西老陈醋？

小半瓶醋浇上，一筷子挂面热腾腾地喂进肚子，残余的睡意与冷都识趣地告退了。

巡逻艇上灯火通明，民警在做最后的启航准备，绿色的甲板像铁皮鼓嘭嘭作响，把枕着澜沧江的臂弯熟睡的码头踏醒了。白昼的喧闹窸窸窣窣，开始从躲藏的旮旯缝隙爬出来。

上艇之前，也就是吃完早点的时候，一声鸡啼破天而起，我起初以为耳朵作怪，可稍后又是一声，紧接着多起来。我又是"好多年没有经历了"。此前，即使回到乡下老家也不闻鸡鸣了，村里早把鸡养成了黄鼠狼拜年无望，能听到的多是狗叫声，更多的是傍村国道上的汽车声，"横行霸道"的重卡驶过时碾得地皮发颤。

打头的两声鸡啼格外嘹亮，鸡冠着火的公鸡一定是站在房上或树高处叫的，将抛向夜空的"咕咕"声拖得老长，抛至夜空的顶点时，把"明"召唤出来，然后像流星又不及流星快地落下去。在我的耳道深处，好像落在了黑暗中的山那头，或者太阳即将露面的半球状的天外。天幕被抛出的鸡叫声扯开，安分守己的小镇从黑暗中浮现出来，先是周边山的轮廓，与天空区分开，天上出现了星辰，之前是看不到的，不知都跑哪去了。接着光亮从山上到山下，云影似的漫过房屋、街道、空地，驱赶着纷纷溃退的黑暗，一股脑儿地赶下江去。

原来，夜色与雾纠集在一起，所以才那么漆黑，黑暗退去时，雾也跟着退去了。

"关累"的傣语之意，是追逐金鹿的地方。老早的小镇，还远未能称得起镇的时候，金鹿成群结队地出没，机警的叫声像拇指猴在树梢飞蹿。潜伏的箭"一跃而起"，在密林中紧追不舍，一棵棵树与未逃的鸟屏声敛息，最终将金鹿追猎成传说。从此，关累再见不到金鹿，隔江而望的缅甸也见不到了。绿苍苍的大山沿江绵延，唯有江边偶尔闪现的与鹿同宗的麂子，那惊鸿一瞥的身影，让人幻想起"呦呦鹿鸣"，曾是多么的野性、繁荣、诗意。

从金鹿成为传说的那天起，曾经弯弓搭箭的手，越来越多地撑起竹篙，将风浪中出没的日子渐渐堆成码头。几经岁月更替，又由小码头变成如今的港口，由江边的十几座茅草屋，发展成一个安逸繁华的边关小镇。每天南来北往的，多是淘金的商人，有来自老挝、缅甸、泰国的，也有来自内地四川、贵州、河南、江西、湖南的，还有来自浙江、福建、广东、广西沿海的。再就是水手，商人们淘金，他们跟着沾点金光。

与天黑时黑得快一样，天亮起来也亮得快，此时的小镇已一览无余。街头的椰树，像寨子里早起的妹，还未来得及梳妆，就隔着青藤攀爬的柴篱迎客，脸上透出不好意思的羞涩。被赶下大江的黑暗，把江水大块大块地染成墨绿，残余的鸡叫声飘零江中，像白色的羽毛随波逐流。

汽笛呜呜响起，整个河谷都在响应，空气中的湿被激荡成雾，若有阳光会现彩晕，毛毛地落在脸和手背上。螺旋桨翻卷着，江水兴奋地沸腾起来，将巡逻艇缓缓推离码头，与紧随其后的商船顺江而下。在中缅边境夹道而行三十一公里，于云南南腊河口出境后，澜沧江摇身一变为湄公河，穿越"每天炊烟与香火一同消长、金三角魅影游荡"的中南半岛，在越南化成"九龙"扑赴大海。

河面时浊时清，翻滚了一宿的湄公河，连喧哗声都水淋淋的。

蜿蜒的河道要么深陷幽谷，V字形相夹的大山山色浓重，从山脚到山顶逐渐明朗了，或者逐渐黑暗了。沉积的夜雾从林中丝丝缕缕地升起，在山顶与云团纠集了，又气势汹汹地压下来，压得河水黑森森的，不知道有多深。不时有雨滴飞下，冷不丁啪的一声，砸在窗玻璃上，鸟屎一样溅碎。明明隔着窗玻璃，脸上却能摸到湿。要么河面豁然开阔，汪汪洋洋，将两岸远远推开，一层层大山愈远愈淡，终至山色与天色融为一体。

沿途的雨林郁郁苍苍，每棵树竞相生长，树干瘦高瘦高，好接受天空阳光的沐浴。最出类拔萃的是望天树，头顶一朵绿云"鹤立鹭群"。死去的望天树，被风雨剥去皮后，通身惨白如朽骨，光秃的枝像残臂，挺立在众树当中，非常骇眼。小D告诉我，那死去的望天树上，树顶端有时会站一只乌鸦，被当地人称为神鸟的乌鸦，面对河中无视它的往来船只，会发出嘶哑的叫声，提醒船们入乡随俗，别不懂规矩，至少要鸣笛行个礼。

林中的农舍出现时，有的披着灰暗的茅草，茅檐压得低低的，像破帽遮颜怕见人，有的覆盖着铁皮瓦，要明快轻松一些。屋顶上的炊烟，像老婆被人拐跑了，无精打采地缭绕着，挂扯在周围的树木上，感觉地老天荒。晚上有灯光闪现时，一定状若游魂。除了散布的农舍，还有雍容端坐的佛塔，与茅屋相比，如农夫与披着云锦袈裟的高僧，守望着大河，等待林雾散去让阳光照亮金顶。

我正眺望一座若隐若现的佛塔，央媒的高兄叫道：

快看，快看，多酷的礁石！

有人紧跟着响应：

哇噻，以前我还从没有见过！

响应的也是同道，像高兄和我一样随行采访。巡逻艇上的民警是不会大惊小怪的，他们早见怪不怪，每月都要同礁石打交道。但这并不等于他们不重视，一块礁石就是一个爷。在湄公河跑船，谁不把礁爷当回事，谁就会惹礁爷很生气，带来的后果很严重。

那礁石兀立在急流中，有两层楼高的样子，一看就是"礁老大"。尊容褐铁似的，警告途经的船只，"要想从此过，留下买路钱"。周围散布着喽啰一般的礁石，大大小小，"与浪共舞"，为大王的威武欢呼雀跃。

在右面缅甸一侧，礁石连着白柔的沙滩，在沙滩与岸的交接处，几头水牛或立或卧，无所事事地消磨时光。一个男孩骑在一头牛上，挥舞着一根树枝向巡逻艇致意。把相机镜头拉近了，我看到男孩的表情颇有趣，额上贴着一片发白的树叶，像涂了"特纳卡"，挥舞树枝的时候他兴高采烈，鼻子都在跳舞，停下的时候冷漠陌生，好像刚才挥舞错了，警惕地注视着我们的巡逻艇。

巡逻艇与随后的商船放慢速度，汽笛隔空呼应着，小心翼翼地绕过那熊立的礁石南下。我忘记这处水域叫什么了，只记得从这处水域开始，沿途的礁石多起来。后来了解到，仅从云南南腊河口到老挝琅勃拉邦，曾有滩险一百三十九道，其中有南累河口险滩、挡石拦溪口险滩、帕堆急弯夹槽险滩、挡板基岩险滩等，"碍航程度最为严重"。礁石遍布，枯水期面露狰狞，洪水期"泡漩四起，流态紊乱"，根本不把船放在眼里，曾夺走无数水手的性命。

中国商人刚踏上湄公河淘金时，与险滩沆瀣一气的河道完全处于原始状态，像野马未被调教。再加之河道狭窄，最宽处不足二十米，不少中国商船有去无回，不是中途搁浅触礁，就是死鱼一样肚皮朝天地栽了。但风险大利益也大，商人为淘个盆满钵满，横下心把家底押上，水手也为多挣几个，把命别到了裤带上。

当时跑船完全是赌命，除了触礁遇险，船绞滩时也很可怕，稍有闪失就会招来惨祸。绞滩的时候，把船头绞缆机上的钢丝绳放下去，系在前方的石头或树上，然后打开绞缆机缓缓绞动，将钢丝绳一圈一圈地拉紧，借反向力把船拖过滩去。大拇指粗的钢丝绳绷得嘎巴响，把绳上的水绷成白雾，把粘附的杂物弹飞，船上船下屏声息气，提防绳断了扫到身上。一旦断了，钢丝绳像吸食了"丧尸浴盐"，比恶魔附体还疯狂，胳膊粗的树都能拦腰扫断，扫到人身上自是血肉横飞，惨叫声抛向天空，结果不是致残就是致死。

直到2002年中国出手，先后利用湄公河三个枯水期，帮助缅甸和老挝大规模整治上湄公河航道，将接二连三的险滩变通途，湄公河航运才得到前所未有的改善，通航期也由半年延长至全年，不再受季节限制。中国商船与日俱增，由最初的十来艘增至一百多艘，吨位也由六七十吨提高到三百吨左右。如今，在缅老泰三国交界的水域，站在金光灿烂的金三角大佛下眺望，中国商船从上湄公河下来，不用辨别船顶上的国旗，一看那牛高马大迎风劈浪的阵势，即可断定来自哪里……

太阳未抛头露面之前，礁石都水淋淋的柔滑，全无烈日下的粗野。特别是一些鲜见的白礁石，简直温润如玉，像养尊处优的"礁后"，漂亮极了。可太阳一出来，蒸干礁石上的水，就又原形毕露。

此时太阳已经出来，天地完全换了个样子。

河下河上野性十足，水野、礁野、山野、风野，连天上的鸟叫声都野，仿佛到了另一个世界。被风浪淘得千疮百孔的礁石，颜色大多褐铁似的，或如刚出炉的焦炭，要么孤零零立着，要么肆意地散乱一片，要么成群结队地麇集了。吃水之处浸下一道白带，河水上涨时被淹没，河水落下去又露出来。露出来的时候，让我也野性十足，看到的不再是礁石，而是柔美的身段，那白带一束的蛮腰间，应该有个打钉的美脐。

每块礁石我行我素，一块是一块的长相，即使同一块礁石、同一片礁丛，从不同的方向、不同的时间、不同的距离去看，面目也不一样。前看如金刚怒目，后看如厉鬼狰狞，早看像村姑浣纱，晚看像老翁濯足，远看似群牛戏水，近看似草莽啸聚，怎么看都"面目全非"。有的礁上荒草丛生，有的礁上长着一棵树，有的"佛头着粪"，落着白花花的鸟屎。但大多光秃秃的，被水薅得半毛不存。这些千奇百怪的礁石，水手习以为常，却又不敢轻慢，哪怕是"浪里白条"，也切忌自以为是，否则有天站到太阳下，也不会有身影了。

在湄公河跑船，戏称"石林中穿行，沙滩上漫步"，河道很难捉摸。你以为涨水时好跑船，恰恰是涨水时更危险，原来露头的礁石也潜伏到了水下，一走眼就上当受骗。在别的地方跑船是舵把子，到了湄公河也得当小小，老老实实再从头学起，否则寸步难行。霸道的船老大会慢慢传授给你什么"背脑水、披头水、眉毛水"，什么"花三埂四泡八尺"。一如当年师傅传授自己，船老大讲得事无巨细，说"花水"像刚开的水，是耍嘴皮子的水，切莫走船。说"埂水"是埂状的水流，出现在深潭与浅脊的交界区，能走船但要小心。说"泡水"比前两种水都深，像水大开了一样，走船自然不在话下，可也大意不得。其中"泡水"，又分"枕头泡、分界泡、拦马泡、分迳泡"，还有"上泡、下泡"，这泡那泡的多了去。

讲的次数多了，再讲完的时候船老大就会问你：我讲得怎样？

你一定要竖大拇指：好啊，这个！

船老大便乐得嘴呲了：那你还不"红牛"伺候？

你也一定要乐得嘴呲了：伺候伺候，我这就给您拿去。

老A就曾给船老大无数次拿过"红牛"，用他自己的话说，当年若无师傅悉心传授，他早滚回老家了。他来时的那点本事，在老湄眼里根本不屑一顾，像从耳背后掐了根毫毛，噗地努嘴吹了。

老A瘦精精的，像船上探水的花竿，膘水都养了眼睛，灼得发刁。尤其是站在驾驶室轮舵前，盯着窗外驾驶的时候，目光鹰喙似的带着钩，河面有一点异样，就会扑下去叼起来。他是此次随行的几艘商船中的一艘商船的船长，从他和他师傅一样成为船老大的那天起，他就管湄公河叫老湄了。他也不知道为什么，只是喜欢这样叫，像码头拜把子弟兄。

巡逻艇与商船一起停泊后，小D带我去见老A，老A正在船后小甲板上，拿水盆浇两只脚，不知脚上沾了什么。每浇一次，就啪嗒啪嗒跺脚，孩子似的要要脚趾头，看浇干净没有。一见小D赶紧丢掉水盆，喊厨娘拿来几罐泰国"红牛"，打开两罐给我和小D。说他们跑船人，大都喜欢喝泰国"红牛"，"困了累了"吹一罐长精神。

老A原在长江上吃水饭，多年前听说湄公河跑船挣钱狠，就与几个弟兄跑来了。来之前踌躇满志，只想着长江比湄公河大，长江闯荡出来的，到湄公河跑船还在话下？却没想到，来了跟着船老大一下河眼就直了，这还叫河啊？礁石数不胜数，险滩一个接一个，和长江跑船完全两码事，他那点本事羞人。见他瓜兮兮的，船老大指着远处一丛礁石笑道，你瞧那上面是什么？他先没看到什么，只看到白浪淘着礁石，哗地涌进百孔千疮，又哗地带着白沫退出来，一个个漩涡从河底冒上来又卷下去，人掉进去立马涮了重庆火锅。

待他看清是一艘船后，船老大告诉他，那是涨水时候触礁，水退后卡在那里的。

被卡的船，船篷早不知去向，船身被泡晒得惨白，像具掀了盖的棺材。是一艘湄公河上常见的，他后来熟识的老挝"黄瓜船"。船老大说那船没人管，一定是人殁了，这河上的老百姓迷信得很，连船也不要了。说着跺跺船甲板。说这河下的死鬼多了，有时能看到村寨里的人，由巫师带着在河边祭奠。船老大刚来的时候，河况比他来时还差，从关累下来的船，有一半中途出事，天崩地裂时，能把船一折两截。

老A感叹道，老湄比长江孬多啦。

长江跑船跑得人心平气和，三五年可成就一名船长，湄公河跑船跑得人脾气暴躁，要成就一名船长至少得七八年。在湄公河跑船无巧可讨，而且也不敢讨巧，只有将"山形地势、河水流速、水深水浅、礁石位置烂熟于胸"，成为一张活地图才能胜任角色，尤其是当船长的。换句时髦的话说，就是跑船要有"船体感"，人、船、河融为一体。

老A曾跟随的船老大，就是他们公认的一张活地图，可惜后来出事了，为救一个毛嫩的水手，不慎夹在船和礁石间，给活活夹死了。那小子原在码头当搬运工，上船不足半个月，正站在船边看"泡水"，被一泡从天而降的鸟屎砸入河中。船老大跳下河去救，结果被夹得满口吐血，弟兄们眼睁睁看着救不了，等救上来已断气。船老大遇难后，那救下的船员也走了，湄公河成了他的伤心地，哪怕回去捡破烂也不干了。最初几年，每次跑船路过出事的地方，他们都要向水中抛食，祭奠一下船老大。后来整治河道，那处礁石给炸了，变成一片汪洋，只能辨别个大体位置，现在大体位置也辨不清了。

但船老大遇难的惨状，老A到现在也抹不掉，一想起来就起醭。他害怕想起来，尤其是在船上，一想起来就压下去，使劲地压下去，担心一路疙疙瘩瘩，发生不吉利的事情。那天就是如此，他突然把话断了，像用牙扯断一团线，将注意力转向别处。

一艘老挝黄瓜船马达突突地驶过，船头插着高高的竹竿，竹竿顶端悬挂的红蓝白三色小国旗，像欢快的手帕迎风招展。

黄瓜船有三四米宽，二三十米长，覆盖着绿色的船篷。船两头翘起来，状似一根老黄瓜。但真正的黄瓜船小多了，是一种独木舟，用原木掏空制成。缅甸的果敢过去就造，萨尔温江上常见。黄瓜船跑得快，透过毫无遮拦的窗口，可看到船上满载的货物，有活猪活牛，或者空荡荡地兜一船河风。赤膊的水手扒在窗口上，一张脸如非洲哥儿，煳巴了的阳光一层一层，他要么隔着水面漠然地看你，要么冲你友好地一笑，露出满口白牙。

那是一艘下行的黄瓜船，屁股后面的浪涌向两岸，到了岸边尽管明显减弱，仍将我们停泊的巡逻艇和船荡得一漾一漾。水亲吻着船帮，船却傻乎乎的，像个半辈童身的老水手，脸被嗮得起了油皮。与上游下来的其他黄瓜船一样，老A说它不会走得太远，到达金三角水域之前就靠岸了。我们的巡逻艇也差不多，到达金三角水域之后掉头返航。但老A他们的船还得走，在金三角大佛的目送下，前往目的地泰国清盛港，在那里一如往常把货卸下，再把要装的货装上，不日打道回府。

老A的目光像鱼中钩了，被老挝黄瓜船越拖越长，直到看不见了才收回来，转而笑嘻嘻地看着我，欲说什么又没说什么。大河茫茫，闪烁着阳光，像撒了一河的针。老挝黄瓜船远去的河路，我们下去的时候也要经过，返航的时候还要经过。在随行采访中，我像船家一样，也努力寻找"船体感"，将要采访的人、船、河融为一体，尽可能采访"深"了。

也就是说，我此行访人访船，也访河访礁……

我的汉阳"往事"

　　"云物开千里，天行乘九月。"从太原起飞，经过近两个小时的飞行，飞机像大鸟一样降落，在呼隆隆的着地声中，舷窗外的风景变成流线，直到慢下来才恢复如初。走出武汉天河机场航站楼，快下午5点了还渥热扑面，连脚下的地也暖乎乎的。

　　农历九月将尽，再过四天就立冬。在我们太原，早已寒气逼人，穿过大街小巷，供暖的水声在屋里奔跑。武汉却不愧是"火炉"，从机场到酒店，沿途"满腔热情"，虽然从树上夹杂的黄叶，有意无意也能觉出季节的消长，但远不像太原明显，悄悄秋去冬来，整个的葱茏依旧，满目青山绿水。在随后两天中，特别是中午，在汉阳街头还能看到移动的花伞，与花伞下亮闪闪的美腿。让我走神发傻，点燃怀揣的诗句：

　　　晴川历历汉阳树，芳草萋萋鹦鹉洲。

（〔唐〕崔颢：《黄鹤楼》）

近三年与武汉有缘，我每年都来一次，再往前有心无缘，总是不能成行。前两次来匆匆忙忙，怀揣的许多东西未能落实，连黄鹤楼都没顾上去看，更无暇来汉阳了，只是曾经对武汉的想象像飞机降落一样着地了。亲眼看见的武汉，比想象的大多了，就像它的那句广告词，"大江大湖大武汉"。留下印象最深的，是2016年第一次来，与《山西文学》主编老鲁参加一个会，晚上无事到长江边看夜景。

　　老鲁早来过武汉，便带我从汉口解放大道下榻的酒店步行几十分钟到长江边，中途记忆犹新的是穿过一条步行街。那处江段叫什么并不清楚，只记得江堤上车来人往，江面上流光溢彩，而顺着江堤的斜坡下去，紧临水边的沙滩上，却黑魆魆静悄悄，没有几个人走动。但从留下的一个个脚窝，能想见散去的热闹，那些脚窝在夜气的侵袭下，一去白天的干燥发烫，变得潮乎乎的凉爽，有一种像刚踩下的新鲜感。

　　我和老鲁席地而坐，打开途中买的五罐哈啤，边喝边欣赏夜景。江水远看平滑如镜，近看缓缓流淌，一扑一扑亲吻着沙滩，多少带些白沫。驶过的船灯火通明，有的还呜呜拉响汽笛，搅动河中倒映的灯火，满河流光溢彩。看着长江，我突然想起黄河来，老鲁在黄河边长大，喝足了黄河水，也像他父辈一样，滋养出一副好嗓子。我推推他说，来一首民歌咋地，就唱那首《天下黄河九十九道弯》？老鲁脖子一掭，你是不是酒喝多了，大半夜的在武汉发神经？从江边返回的时候，两人又买了菱角和莲蓬吃，老鲁吃得胃打架，用手拢着大背头喊我，他爷爷，

他爷爷，武汉的水土硬哩！"他爷爷"是老鲁调侃我的话，因我儿子已娶妻生子，他儿子还想多潇洒几年，不像他当年一样去撩妹：

　　　　对坝坝那坨梁梁上那是一个谁，是不是我那要命的二妹妹？

　　那个夜晚之前，若回到我还在村中老庙读书的时候，武汉于我仅是一个地理名词，偶尔在脑海中闪耀一下，镶嵌在我想象的长江边上。在认识武汉以前，我最早认识的是汉阳，而且好长一段时间，在我固执的大脑中，汉阳就是汉阳，武汉就是武汉，两个地方毫不相干。我认识汉阳，起初跟一种枪密切相关，也常把它想成一支枪的形象，直到上了初中才改变，又被一棵树的形象取代。

　　在我家族中，最牛逼的是我二爷，也就是我爷爷的弟弟，尽管他娶过三个老婆，最终一个也没留住，落得老光棍一个，但家族中还是数他牛逼。他是我家族中唯一当过兵的人，曾拿着"独角牛"（一种火铳），跟随游击队打过四年鬼子，四年后又跑回来了。至于跑回来的原因，二爷是这样跟人讲的，说他军龄满四年时，游击队换了个头儿，这个家伙非常操蛋，操得他不想干了。如果干下去，他现在也穿"四个兜"了，胸前卡支钢笔，最赖也是个公社干部。我爹却并不认同，只要听到我二爷这样讲，就说他又谝呢。真正的原因是：当年他的第一个老婆被货郎拐跑后，他拿上你老爷爷（曾祖父）打野兔的"独角牛"，跑到山里打游击去了，打了四年不想打了，又跑回来让你老爷爷给他讨老婆。甭说你老爷爷，你爷爷都看着他发愁，啥的游击队换了头儿，啥的人家操蛋。

我爹说，狗屁！

二爷的说法却不是这样。他说最后一次打游击时，从鬼子手里救了一名腿受伤的国军连长，他背着那连长一口气跑了三十多里路，那连长感谢他的救命之恩，就送了他一支"汉阳造"，和一大把黄澄澄的子弹。他拿着枪和子弹，欢天喜地返回营地后，却被新换的头儿没收了，说不管枪和子弹咋来的先得上缴，然后再决定谁使用。眼看着枪被没收了，一大把子弹也给缴了，他膀子一横，去你妈的吧，老子回家不干了。

可不干是不干了，二爷对那支"汉阳造"还念念不忘，说那是天下最好的枪，端起来瞄准了，子弹出膛的声音非常脆，"叭勾儿——"，就送鬼子上西天了。这段出生入死，二爷自圆其说的经历，他从游击队跑回来一直讲到死，中间讲跑两个老婆，最后一个老婆留下话说，他除了会讲"汉阳造"，再甚球也造不了。银样镴枪头，前后三个女人过手了，竟没造下一个孩子。不孝有三，无后为大，第三个老婆跑了以后，我老爷爷气得顿足捶胸，"二门儿上绝后呀绝后呀"，骂我二爷枉为男人。骂我二爷，也就是表扬我爷爷，我爷爷"大门儿"上人丁兴旺，包括我爹、我二叔、我三叔，齐刷刷三个儿子。家家又孳生一窝，每天吃饭一坐大半炕，绝后是根本不可能的事，可谓子子孙孙无穷匮也。

我二爷却不以为然，而且年龄越大讲的兴致越浓，嘴上飞溅的唾沫一天比一天多。每当部队拉练经过村子，或村里民兵训练的时候，他看到再好的枪也瞧不起，总说：

离汉阳造差远啦，"叭勾儿"从前面钻进去，嘭地从背后拽碗大个窟窿出来。

二爷吹嘘时，我爹若在场的话，就又脸现不屑，过后跟我说又谝呢，既然枪拿回去就被没收了，他还"叭勾儿"个屌！但当面是不敢说的，那会气得二爷人中歪了，胡子一撅一撅地跟他没完，家中几天鸡犬不宁。有次邻居家来了个亲戚，二爷去串门时又吹"汉阳造"，不想那亲戚在汉阳当过兵，而且见多识广，说"汉阳造"是了不得，可也没有二爷吹的那么牛，还是现在的枪好。那亲戚滔滔不绝，讲得二爷屁股坐不住了，狠命地吸几口旱烟，将烟袋在炕沿上叭叭一磕，起身道：

咱俩尿不到一个夜壶里，不跟球你说了。

那天邻居家我也在，和邻居家小儿子坐地下，一边拿孟葫芦做鸽哨，一边听两个人打嘴仗。我从中注意到两个细节，一个是二爷口中打的是"鬼子"，邻居家亲戚口中打的是"敌人"，再一个是邻居家亲戚说，最初的"汉阳造"还叫"老套筒"，在枪管外面又套了一根钢管，打出去的子弹钻进敌人肚子里乱飞，然后拽碗大个窟窿出来。他还专门打了个比喻，"像狼叼了一块肉。"但我从未听二爷说过，"汉阳造"还叫什么"老套筒"，也许他压根儿就不知道，或者说那国军连长送他的是后来的"汉阳造"，但子弹"拽碗大个窟窿出来"的厉害，与邻居家亲戚讲的一样。就凭这一点，我倒相信二爷说的都不假，甚至反感我爹背后拆台，老跟我二爷过不去，只是对那枪声有点疑惑，后来抗战电影看多了，总觉得那"叭勾儿"，听起来像日本人的"三八大盖"。

除了二爷荣耀一生的"汉阳造"，让我老早认识汉阳的，还有《黄鹤楼》中的"汉阳树"。"汉阳树"出现时，我已离开村里冬天冷得要死的老庙，在与老庙一样破旧的屋顶下上初中了。当时的初中课本内容非常单薄，副课无所谓，主课却需要大量课外资料补充，而课外资料又奇缺，代主课的老师四处寻找，找来刻成蜡版油印了。语文课外资料分白话文和文言文，文言文包括古诗词，其中一首就是《黄鹤楼》，与其他找来的课本上没有的古诗词，夹在一沓大白纸油印资料中，散发着能闻出颜色的墨乎乎的油墨味儿。

我们的语文老师姓李，初中三年都是他代语文，中间没有换过老师。他自称民国人，像我二爷热爱"汉阳造"一样，对古文情有独钟，在课堂上讲起来，满口子乎者也，连声调都踱起方步，变得慢条斯理。这首诗也不例外，手捧可作硬笔字帖，他亲手刻印的资料朗读时，像"三味书屋"的先生再世，"将头仰起、摇着，向后面拗过去，拗过去"。那陶醉的神态，完全把讲台当成了黄鹤楼，他像诗中的"昔人"驾鹤而去，身后白云空悠悠。

找来的语文课外资料，尤其是古文，大都注释简单或者没有，全凭语文老师讲解，一边讲解一边板书，我们一边听一边做笔记。朗读罢讲解的时候，他拿平时抽我们屁股、由两股竹梢拧成的教鞭，敲敲一条腿拐了的教桌，让我们竖起耳朵听好了，这黄鹤楼可不一般，不亚于我们代州鼓楼，与咱们山西的鹳雀楼，以及岳阳楼、滕王阁，并称中国四大名楼。围绕四大名楼，过去留下许多脍炙人口的诗文，最耳熟能详的就是崔颢的《黄鹤楼》、王之涣的《登鹳雀楼》、范仲淹的《岳阳楼记》、王勃的《滕王阁序》。如今这些诗文，网上车载斗量，那时却十分难得，如果来自课外资料，一篇可换一个红旗抄本。

那天的语文课至今记忆犹新，在一束从讲台上方的破屋顶漏下的，飘浮着粉笔尘的正午的阳光下，李老师说黄鹤楼不一般，崔颢的诗更是了得，连老李都甘拜下风，"眼前有景道不得，崔颢题诗在上头"。不过谦虚罢，老李还是道了，只是道的时间与心情不同，为人熟知的诗就有两首，其中一首是：

> 一为迁客去长沙，
> 西望长安不见家。
> 黄鹤楼中吹玉笛，
> 江城五月落梅花。

> （［唐］李白：《与史郎中钦听黄鹤楼上吹笛》）

老李就是李白，绣口一吐半个盛唐。

从千年外的盛唐，把老李请来之后，我们语文老师自视小李，像观摩教学一样，开始逐字逐句讲解，然后再翻译成白话文。接下来答疑解惑时，一位同学举手问道，那汉阳树究竟是啥树？李老师愣了一下，仰起头思忖半天，又低下头想了想，方正视了那同学说，汉阳树就是汉阳树，还能是什么树？李老师显然被问住了，那同学却穷追不舍，我是问它长啥样子，比如像柳树呀杨树呀。

李老师读过旧私塾，课下曾当着我们一群学生的面，拍着肚子自比鲁班的墨斗，把三个"雷"字摞起来，或三个"龙"字摞起来，他都认得是什么字。但大冬天也不穿袜子，只穿着鞋的双脚却很寒碜，最远仅去过百里外的五台山，连鹳雀楼的故乡永济都没去过，他课堂上给我们讲四大名楼，全是"纸上谈兵"。不过，那时学校的其他老师也一样，没几个外出见过世面的，村里的老百姓更可怜，包括我牛逼的二爷在内，进趟县城都幸福得满面红光，不像现在普天下皆驴友，哪里都能听到驴叫声。

在破屋顶施舍的阳光下，白色的粉笔尘落在李老师身上，他像"老套筒"卡壳了一样，看着那同学又哑了半晌，然后喉咙里古怪地一笑，将拿资料的手背到身后，另一只手搓摸着下巴说，我读书不求甚解，那汉阳树想必也没啥，应该跟柳树杨树差不多。我已经老朽了，你要像毛主席说的，想要知道梨子的滋味，就亲口尝一尝。你将来可以到汉阳去，看看它究竟长什么样子，与咱这里的树有何不同。

当时的初中课程，和现在的初中课程没多大不同，自然也上地理课和历史课，其中少不了涉及汉阳和武汉的内容，两个地方就标在书中地图上。但因两门课是副课，中考的时候并不考，和别的副课一样，课时都给主课挤占了，只是挂在课程表上。初中三年加起来也没上几节课，课堂上闹笑话是常有的事。在语文老师讲《黄鹤楼》之前，如果课堂上突然提问我们，汉阳在中国什么地方，湖北的省会是哪里，像问其他地方同样的问题一样，大概除了北京和本省的太原，全班保证十之八九不知道，或者张冠李戴。

我们语文老师讲《黄鹤楼》的时候，无疑要讲到武汉，那邻居家的亲戚讲"汉阳造"的时候，无疑也要讲到武汉，但奇怪的是我当时都不在意。可汉阳就大不同了，在我未走出故乡之前，几乎一提及或看到这两个字，就想起"汉阳造"和"汉阳树"，还有我二爷和语文老师，听到二爷"叭勾儿"的描述，与语文老师抑扬顿挫的吟诵：

晴川历历汉阳树，芳草萋萋鹦鹉洲。

这次来和前两次一样，除了背上的行囊，我仍怀揣了许多东西，包括一支枪和一棵树。自打两年前光顾这座坐拥三镇的大都市，曾经偶尔闪耀一下的想象便成为现实，它不再是一个唤不起我多少兴趣的地理名词，我老早的不在意也变成想往，就像那花伞下亮闪闪的美腿。与前两次不同的是，这次来我不是沾开会的光，是专门为汉阳而来，受《长江文艺》之邀，参加"名刊名家知音汉阳行"。"名刊名家"不敢当，汉阳之行完全是兄刊抬爱，也算"长江"与"黄河"牵手，有一种天赐的情缘在内。

当我住进汉阳洗马长街88号，次日早晨哗地掀开酒店的窗帘迎着大江，特别是下午登上龟山电视塔，在一百三十多米高的观光平台上鸟瞰时，看到"南国之纪"的滔滔长江，和与其交汇的汤汤汉水，还有长江对岸蛇山顶上我两次错过的黄鹤楼，以及蛇山和龟山之间横跨的武汉长江大桥，我的心境像天门豁然开启，不再为怀揣的东西纠结，往昔的孤陋寡闻也好，如今的自作多情也罢，仿佛瞬间找到了放生地，一股脑儿投放出去。

因为放下了，我也接纳了。尽管和前两次来一样匆忙，这次也是三四天时间，但感受大不一样，这块钟灵毓秀之地，历史文化底蕴太深厚了。"汉阳造"不只是一支枪，"汉阳树"也不独是一棵树，除了"汉阳造""汉阳树"，还有"汉阳鱼""汉阳人"，属于汉阳的骄傲蛮多了。作为武汉三镇之一的汉阳如此，"内联九省、外通海洋"的大武汉就更不用说了，"大"是对它最好的概括，可圈可点的"大"多了去，只要网上百度一下就纷至沓来，无须我江边刚刚湿了湿鞋的饶舌。

生活在日新月异，汉阳在日新月异，武汉在日新月异，愿我每次来都有新收获，让我的汉阳"往事"越来越丰厚……